幻の光

宮本輝

幻 之 光

〔日〕宫本辉 著　林青华 译

人民文学出版社
PEOPLE'S LITERATURE PUBLISHING HOUSE

著作权合同登记　　图字 01-2024-3289

MABOROSHI NO HIKARI
by MIYAMOTO Teru

图书在版编目(CIP)数据

幻之光/(日)宫本辉著;林青华译.—北京：
人民文学出版社,2021(2024.11 重印)
(短经典精选)
ISBN 978-7-02-016100-3

Ⅰ.①幻…　Ⅱ.①宫…　②林…　Ⅲ.①短篇小说-小
说集-日本-现代　Ⅳ.①I313.45

中国版本图书馆 CIP 数据核字(2020)第 027350 号

总 策 划　**黄育海**
责任编辑　**朱卫净　周　展**

出版发行　**人民文学出版社**
地　　址　**北京市朝内大街 166 号**
邮政编码　**100705**

印　　制　**凸版艺彩(东莞)印刷有限公司**
经　　销　**全国新华书店等**

开　　本　**890 毫米×1240 毫米　1/32**
印　　张　**3.75**
字　　数　**55 千字**
版　　次　**2021 年 1 月北京第 1 版**
印　　次　**2024 年 11 月第 4 次印刷**

书　　号　**978-7-02-016100-3**
定　　价　**49.00 元**

如有印装质量问题,请与本社图书销售中心调换。电话:010－65233595

SHORT CLASSICS
短经典精选

目 录

幻 之 光

昨天，我三十二岁了。从兵库县的尼崎嫁到奥能登①的曾曾木这个海边小镇来，整整三年过去了，所以，与你死别差不多已有七年。

像这样坐在二楼窗边，沐浴着温暖的春日阳光，看着平静无波的大海，看着他出门工作的车子在蜿蜒的海边公路远去，变成豆粒般大小，不由感觉身体像回复蓓蕾状态一样，硬生生收缩起来。

家公对我说："嘿，这边极少见的、绿色、单调的海上，有变作一团、闪闪发光的部分吧？像大群的鱼从海底冒起来，在波浪与波浪之间露出背鳍，其实那没别的，只是细波的集合。有时光点在海面跳跃，那只是一部分细波

---

① 奥能登：日本地名，指石川县能登半岛最北部，行政区域包括珠洲市、轮岛市和凤珠郡。 曾曾木归轮岛市管辖。

一齐发光，但肉眼看不见，于是就骗取了身在远处的人的心。"我不大清楚它怎么骗人的心，但说来我确实有无数次，动辄出神地盯着那些细波光群看。也许家公想说，在附近一带从没遇上捕捞大丰收的、落魄渔民的惺忪睡眼中，那细波是险恶的，令人一瞬间做起梦来。听了这话，我感觉对我而言还有别的意义。但只是那么觉得，我还不清楚，那究竟是什么。

曾曾木是个一年到头大海喧嚣的穷镇子。冬天，来自日本海的风太强劲，雪也被刮得远远的。也有海水比雪和空气暖和的原因吧，绝大部分的雪，还没来得及堆积就被风刮跑了。因为这样，无论是雪多大的年头，海岸边上始终只有斑斑驳驳的积雪。只有滔天浪声、飞沫和寒风一起，如湿乎乎、黑乎乎的尘埃一般涌起。

越过邻居屋顶，可以看到流过镇西的町野川注入曾曾木港，只有那一带，是这一海岸最像样的沙滩。其余即使是浅滩，也尽是岩石，不适合海水浴。锯齿状的海岸线，从西端的猿山灯塔延续到东端的狼烟灯塔一带，各处渔港现在已是名义上的，几乎没有船出海打鱼。在这个曾曾木港，也有两三只小渔船被丢弃在沙滩上，船名也消退得差不多了。不习惯的人，哪怕是为了听听海浪声而特地深入此地的游客，半夜里也会被浪涛声吵醒，叫苦不迭。而今天却不知为何，风平浪静，阳光灿烂，除了偶尔有汽车驶过的声音和邻居晾晒东西的响动之外，一片寂静。

这样的日子极为难得，本应晾晒被褥和坐垫的，但我还是觉得疲倦，无心做任何事情。你弓着背走在雨后铁轨上的背影，浮现在我心头，挥之不去。我带着勇一嫁来关口民雄家，一年过去，两年过去，无论如何还是不能停止内心里的喃喃自语——从你死的那一天不知不觉延续下来的。我想象着，仿佛在做一个傻瓜才做的梦：从轮岛来的巴士停在曾曾木口，应已死了的你从车上下来，勇一看见你的身影，激动地跑来告诉我。我闻讯胸口一热，哆嗦着跑向汽车站——我一再窥视周围，怕被人看到自己的嘴唇在喃喃颤动。

在这里，正当年的人全都到大城市去了。光靠渔业撑不起来，狭小的田地种稻米又挣不够一年的生活费。运气好、在附近政府单位或邮局之类工作的人极少，其余人在本地就没有工作岗位了，所以，男男女女从初中、高中一毕业，就去远方找工作。没有年轻人，连四五十岁的男子也留下家人，去东京或大阪工作。在这里面，我们一家还算走运的。民雄在轮岛一家大的观光旅馆做厨师；另外，家里春夏两季把二楼两个房间和楼下一个房间划作民宿，由我来管。虽然总不够钱花，好歹家人能在一起生活了。民雄性格温和、为人老实，他和前妻生的孩子友子也很亲近我。可就算这样，我还一直悄悄跟你说话——丢下老婆和吃奶的孩子，说死就死的你。

很早以前，我俩还在二十上下的时候，你曾看着我眼睛下方散布的雀斑，用你独特的、好像看着别处的视线盯着我，这样说道："由美子，你不会别处还藏了许多雀斑吧？"

那是自小要好的你头一次对我说怪怪的话。那一瞬间，我心窝子猛地一紧，脸上装作不好意思地对你笑笑；我原以为自己明白你说的话，直到你无端地自杀死掉，在多次想起你的日子里，才慢慢明白过来，你那不是在说女人的身体。我原先一直以为，是跟你十指相扣就会有感觉的、自己女性的部分，还没在一起就被你说中了，真是好烦恼。那些雀斑的意思，也越想越复杂，也就越来越不明白你自杀的理由。

也有想过，自己一边跟新丈夫安稳地生活，一边又像这样跟死掉的前夫唠叨，真是个别扭的女人。但变成了习惯之后，有时也会发呆，不知不觉中就觉得并不是在和你说话，也不是在和自己的心说话，而是在和不明实体的、亲近怀恋的东西说话。那亲近怀恋的东西究竟是什么，我不知道。而你，那一晚明知要被轧死，为什么还在阪神本线的电车铁轨上蹒跚而行呢……

在你死前大约十天，发生了自行车失窃事件。你的工作地点螺丝厂离家约两站巴士路程，你说走路嫌远，搭车又费钱，于是狠狠心买了自行车。那阵子，为何尽是要花钱的事情呢！勇一生下来才三个月，分娩的费用以及拉拉杂杂的费用加在一起，存款几乎用光了；所谓螺丝厂，不过是一家底层的接单小厂，工资少得可怜。

"畜生！偷我的车？那我也去偷！"

第二天是星期天，你愤愤然出门而去，到了傍晚，真的偷了一辆自行车骑回来。

"我想，同样是偷，就偷有钱人的，就走到甲子园去了。"

我也不觉得那是做了坏事，就笑着说道："这下子你尝到甜头了，不会真的变成小偷吧？"

我在给勇一喂奶，你往我身边一躺，好长时间看着天花板，一动不动。瘦削的脸比二十五的年龄显老，从小到大从来都是红红的嘴唇，显得更红了。我莫名地感到不安了，就说道：

"把车子颜色漆掉，弄得叫人认不出来吧。万一被车主找着就麻烦了。"

冬日西斜的日光带着微温，从狭小的厨房窗口射入。今年的夏天，无论如何得为勇一买一台空调机。六叠①大的小房间，买小的就行——我怔怔地想着，听着别人上下公寓楼梯的脚步声。

"我们客户里头的那家机械厂来了个相扑力士。"

"哟，是相扑选手吗？"

"说是相扑力士，但没指望，就退下来了。雇来当机械厂卡车司机的助手。他已经过三十岁了吧，还是结着发

---

① 叠：张，日本计算榻榻米数量、表示房间大小的量词。一张榻榻米的大小存在地区差异，面积大体在一点五平方米至一点六二平方米之间。

鬓，给一个十八九的年轻司机使唤。我看他那发鬓，就觉得很不堪。"

"哦，为什么？"

"为什么？ 我也不知道。你说，那种发鬓，怎么不割掉算了呢？"

"你真的走到甲子园去了？"

你翻身趴着，侧着看勇一，"看见那发鬓，我劲头也没了。"说着，你笑了。

"瞧，又斜眼了！"

你有时侧眼看东西之后，左眼会偏着不回原位，变成暂时的斜眼；那种时候的左眼，突出得吓人，我不禁要大喊起来。

你慌忙揉眼睛，不好意思地转过身去，好长时间用手背擦着左眼。

"我只读了初中，没出息，一辈子都是穷光蛋。"

我觉得，你从甲子园悠静的住宅区偷到自行车骑回尼崎的平民区以后，就变得意志消沉了。

"是穷，但跟小时候比起来，我结婚之后很幸福啊。"

我这么一说，你慢慢翻身靠过来，问："噢……真的？"红红的、充血的左眼，比刚才还要突出，你的脸仿佛变成了完全陌生的别人的脸。要在平时，你的左眼马上就复原了，那天不知为何，怎么揉都改不了斜眼。

我把睡着的勇一移到婴儿床里，趴在你身上，用手掌揉你的左眼。

"稍后会好的。揉多了反而会疼哩……收缩眼球的肌肉有时会抽筋。"

"那样会疼吧？眼睛里头会疼吧？"

"会有压迫感，不过不疼。你动作轻一点。"

就像你说的那样，之后不到三十分钟，左眼就复原了，但我心上头，烙上了刚才那是你、却又不是你的另一张脸。当时我怎么就没想到，那只不时诡异地发作的眼睛，其实是你的本性？我怎么就没从你朝外侧突出的左眼中察觉出你十天后自杀的征兆呢……

那天从早上开始下雨，直到晚上七点左右才停。雨停后，除了勇一的尿布，我把晾在屋内的衣物全都挂到窗外。窗下方的马路上，一溜三家情人旅馆，红色和蓝色的霓虹灯交杂，向周围投下黑紫色的光。雨后之夜，那种紫色更加突出，映照得我们房间里头也怪不舒服的。

你过了十一点也没回家。这种情况很少，我不由得心慌慌的坐不住了。我让磨磨蹭蹭的勇一在自己被窝里睡下，我陪躺在一侧，迷迷糊糊地亮着灯就睡着了。被敲门声吓一跳醒来时，已是三点钟。我以为是你回来了，开门一看，门口站着公寓管理员和警察。管理员问"你先生呢"，我就答"还没回来"。说话的那一瞬间，我感觉到腰间一阵凉飕飕的。我感觉到"有事发生"，而且是发生在你身上，但没想到这世上还真有那样的晴天霹雳。

警察小声说："有个男人被电车轧了，能请你认一下吗？"

"嗯？是我家的人吗？"

我舌头也不听使唤了，说着就一哆嗦，但很是确信：噢，噢，一定是我家那位，是我家那位被电车轧死了！

"总之尸体很糟，从脸上认不出了，不过可以通过遗物来认，比如衣服、鞋子之类的。"

我把勇一托给管理员夫妇，上了停在公寓大门口的警车，警察在车上向我解释了情况，他说，在裤子的破片上粘着像是信封的纸片，上面印着"冈屿螺丝厂"这一厂名。

"冈屿螺丝厂的三名员工中，没回家的只有你丈夫。为了找这张纸片，我们的人可是沿着铁轨来回走了三个钟头哩。"

遗物只有一只鞋子和公寓的钥匙，这两件都确定无疑是你的东西。尸体已经破碎得无法复原，没让我看。第二天找到了脚趾，从上面的趾纹确认了尸体是你。

现场在杭濑①和大物②之间，据电车司机说，你当时人在铁轨中间，在朝着电车前进的方向走。那段路是一个大圆弧，等人的身影进入照明灯的范围，已是来不及刹车的距离。汽笛声和尖厉的刹车声都没能让你回头，一直到被轧的那一瞬间，你都在笔直朝前走。据说有六名站着的乘客，因为急刹车而摔出去受了伤。

只能认为是自杀。报纸上也是这么说的。可我怎么也接受不了。我想不出你要自杀的理由。警方进行了多方调查，也没找到任何动机。尸体上也没检出药物或酒精。你身体健康，不喝酒，不赌博，没有其他男女关系，没有让你非死不可的借债，相反，第一个孩子出生才三个月，正

---

①② 杭濑与大物均为电车站名，两个车站位于兵库县尼崎市内阪神本线上。

是一个男人应该奋起拼搏的时期。找不到任何要死的理由，连警方也觉得费解。

每次回想起你死后那几天的情形，我都讶异于自己那时候居然没疯掉。在中了邪似的、像是被人蒙骗了似的、恍恍惚惚的心底里，有着另一颗心，它哭不出来、喊不出来，只一个劲地往漆黑的地底坠落。管理员夫妇见我不理会身边哭闹的勇一，光是看着榻榻米发呆，很是替我担心，整天都守着我。我就像看待别人的事情似的想道：他们别是担心我步丈夫后尘，含煤气管自杀吧？那时的我并没有打算带着勇一寻死，也没考虑过今后如何活下去。在我内心的另一颗心里，已历历在目地呈现出你蹒跚在雨后铁轨上的背影。灰色的便装西服套在蓝衬衣外面，微微弓着背的独特样子，独自默默走在深夜的铁轨上——我在你身后紧追不舍，拼命想要知道你的心思。

这样的日子持续了多少天？渐渐地，走在前头的你，不时止步回头，前方刮来的冷风吹动你的头发。你在黑暗中看着我，你的脸就是偷自行车回家那个晚上的、斜视的另一张脸。我看见那张脸，一时无尽哀伤，两腿发软，呆立着目送你渐行渐远，变得小小的。

"才二十五呀……年轻寡妇啊。"

妈妈也好，弟弟健志也好，每次来都发出这样的叹息。我过了两个月啥事不干的日子。后来从报纸上的招聘广告里得知，公寓前面的情人旅馆正好要招服务员兼清洁工，我就去面试了。我让住在弟弟处的妈妈过来看勇一。虽然是一份不乐意干的工作，可人家说，在那里干的话，手头没事的时候可以经常跑回家；偶尔也有客人给小费，收入不错的。

跟你认识，是在上小学六年级的时候，也就是一九五七年。那一年，种种不好的事情笼罩了我们一家。

当时，我们一家住在阪神国道尼崎段边上一所木结构的大公寓里。这公寓建得有点特别，在原有的夹道而建的两排大杂院之上像戴帽子一样加盖而成，增建后与大杂院合为一体。因此，公寓里面有一条土路连接着国道和后巷。一年到头照不到阳光的土路上总亮着灯泡，路上的土总是湿滑湿滑的，散发着难闻的味道。土路之上是二楼走廊，人走过时咚咚作响。附近的人都不喊这楼的正式名称"松田公寓"，而是把它叫作"隧道大杂院"。

我们一家住在一层，位于众多出租房构成的"隧道"的正中央，房间南边连着公共厕所，土墙一年到头透过来刺鼻的防臭液味道。天气好的日子，一口气跑到外面的大路上，目眩会让你好一会儿站着动不了。

我家北边住的是摆摊卖拉面的一家。梅雨天连续多日下雨的那阵子，就听人说"你们邻居做不了生意，日子不好过啊"。接着，有一天，薄薄的墙壁那边突然就没了声息。爸爸过去看看情况，发现做拉面生意的夫妇勒死了两个女儿，自己也都上吊自杀了。

到了晚上，爸爸被警察带走了。据说，遗书上说，留下了剩余的钱，作为处理遗体之用。"钱装在信封里，放在桌上，后事就拜托了。"但是，那钱却怎么找也找不着了。爸爸是第一个发现尸体的，所以惹上了嫌疑。对爸爸来说，这真是没想到的事。爸爸身体不大好，器量又小，他实在承受不了一次次被警方叫去严辞讯问，终于很长时间卧床不起。

当时，我们一家是五口人：爸爸、妈妈、我、小我三岁的健志和八十三岁的奶奶。奶奶腰腿还行，但耳背，头脑也有些痴呆了。奶奶是高知宿毛人，爷爷死后，父亲就把她接来同住，但她是住惯乡下宽敞地方的人，实在讨厌住尼崎的这种潮湿小房子。

大约一年多以前，奶奶曾离家出走，最后被警察收容了。她见人就问路，说要回四国的宿毛。她不只是在电车轨道上走，还闯红灯，实在危险得不行。

即使回到四国，原来的家也没有了；而且回四国要搭船渡海才行，光靠她两条腿是无论如何回不去的——可惜她已经痴呆，任凭我们怎么说都说不通。

大伏天，好多卡车轰隆隆驶过国道，黑乎乎的废气充满公寓里的那条土路，我屏住气飞奔到外面的大路上。刚才躺在三叠间里的奶奶，好像顺着国道走去神户方向了。我跑过热气蒸腾、尘土飞扬的马路，追上奶奶，像玩阻挡游戏似的拦住她，然后把嘴凑到她耳旁，大声喊道："还到处逛，爸爸又得发火啦。回家吧。哎，这么热，快回家！"

奶奶把满是皱纹的脸一瘪，笑着用不容易听见的声音说道："我想死在宿毛，我要回四国去。"

她嘟哝的口吻带着少有的坚决。她不容分说地把我推开，又迈开步子。

我一时呆住了，目送着奶奶的背影远去。忽然我醒悟过来，慌忙奔回家，把奶奶的行踪报告给那件事情发生以来一直卧床的爸爸。爸爸吃了一惊，爬起床想去追，却又停住了。

"别管她了。还得让人带回家来吧。我又不能把她捆在柱子上。"

爸爸一副精疲力竭的样子，在晦暗的房间一角又躺下了。我去找妈妈。因为爸爸长期卧床，妈妈就在附近的工务店打工。阪神本线的尼崎站前面正在造大楼，妈妈在那里和男人们一起工作，用矿车将混凝土构件、胶合板之类运送到工地。妈妈头戴草帽，手巾从帽檐上垂下来遮住脸颊，就这样在烈日下的建筑工地上推着矿车。

我气喘吁吁地跑过去，正要喊妈妈，就看见一个男人从后面踢了一脚妈妈的屁股，一边骂道："你这女人要敢磨洋工，就不付你钱！"

我连奶奶的事情也忘掉了，一溜烟跑得远远的。我奔跑在长长的商店街拱廊下，拱廊的破洞在地上投下各色各样的光斑；我漫无目的地跑啊跑，直到汗水淋漓、喘不过气，才停下脚步。一停下，随即感到膝盖以下凉飕飕的。原来是一家大型弹子机房的玻璃门开开关关，让空调的冷气跑出来了。我解开罩衫扣子，撩起裙裾擦汗，然后踉踉跄跄进了弹子机房。一个大胸、长着一张鬼脸似的女人正在一边嚼口香糖，一边玩弹子机。我在弹子机之间走了一会儿，汗水冷成了冰水，可是小腹却火辣辣的，很难受。

我之所以清晰地记得这一天的事情，是因为我在弹子机房迎来了自己的初潮。虽说学校的卫生课上详细教了处理办法，可我还是惊惶地冲进了厕所。我好长时间待在厕所里不知所措。也许店员觉得厕所门一直关着有些不寻常，中间过来敲了几次门。我叠了许多手纸垫在内裤上，把内裤拉得高高的，若无其事地出门而去。我用手按住裙子前后，慢慢走回家。即使有汗从短短的刘海上流进了眼睛，我也绝不挪开按在裙子上的手。

到了家，我进了三叠间，关上尽是破洞的拉门，端坐着不动。

"由美子，我又担心起来了。你去找找奶奶，好吗?"

爸爸那么说着，打开拉门，窥探里头。他察觉我跟平时不一样，一再问是怎么了，我就答道:"我肚子疼。"

我感到悲哀，不能自已。不是害怕初次的信号。那个时候，我有生以来头一次憎恨贫穷这东西。烈日下奶奶在国道上渐行渐远的小小身影、被工头踢屁股的妈妈的身影、白天也非要亮着灯泡的潮乎乎的房间，一起在我脑海里复苏。我啪地关上拉门，手一直在裙子上面按住血已凝固、变得硬邦邦的内裤。我觉得，时至今日，我之所以一来月经就莫名其妙地产生冷飕飕的寂寞感觉，肯定是因为初潮到来的那个瞬间，包裹着我的是被弹子机房的空调弄得冰一样冷的汗水。

以为不久就会有某处派出所来联系，等着等着就到了半夜。爸爸无奈之下撑起身子，去了附近的派出所。得到的回应是，没有任何报告说明收容了那样一位老人。警察带着"又来了"的神情，轻松地说，她身上一个钱也没有，也不懂电车是从哪儿到哪儿的，肯定跑不远，且等明天再说吧。况且是大夏天，不至于冻死在路上。可自那以后，奶奶就像被神鬼掳走了一样，神秘失踪了。

联系了亲戚，又请各处警方发布通告，可一个星期过去，两个星期也过去了，奶奶还是下落不明。莫非奶奶秘密地藏了钱，一路向人打听，从神户乘上船，真的奇迹般地回到了目的地宿毛？爸爸妈妈连这一点也想到了，他们向四国的朋友熟人发出了询问的快件。警方为慎重起见，也向四国的所有警察署发出通告，但奶奶就是找不到。

半年后的十二月中旬，一位面熟的警察来到家里，这样说道："大概也只能认为，一是有一个非常奇特的人物收留了这位身份不明的老人；二是掉进河里或者海里，沉下去没浮上来，没了——二者必居其一吧。"

到了那时，爸爸妈妈似乎都希望奶奶但愿就这样不见了踪影。他们嘴上没说，但心里肯定在说，奶奶死在某个地方就好了。

不料，之前语气平稳的警察紧接着突然投来试探性的目光，说出这样一番话："其实，附近流传着奇怪的说法，说是现在又不是战后那种混乱时期，怎么会有行动不便的老人，就这样离奇失踪的事情发生呢？"

"唉，作为至亲家人，我们当然愈加那么想啊。"

"我想，让我们查一次这家里头，没关系吧？"

"你是说查家里？！"

"拿起榻榻米，挖一下地板看看嘛。"

"唔——你是说，我们杀了奶奶，然后埋尸床底下？"

爸爸大吃一惊，看着妈妈，妈妈也脸色煞白，回瞪着警察。看来卖拉面一家自杀留钱善后那件案子，爸爸身上的嫌疑并没有洗刷干净。我老实的爸爸当时全身发抖，高声对警察挑衅说：

"好、好！请尽管随便——请搜查家里或者任何地方。如果找出了奶奶，那肯定是我所为。那所谓邻居留下的钱，说不准也就翻出来了。人要是穷得叮当响，就一定要杀成为累赘的父母，就一定要贪人家的钱财了，是吗？你别说明天，你现在就动手挖，怎么样？"

警察说："是吗，既然这样说，那就找一下吧。"

他说着就回去了。约莫过了三个小时，一辆巡逻车和一辆小型卡车停在后巷，五六名身穿深灰色工作服的警察手持铁锹走进我家的门。他们在屋主在场的情况下，把衣橱和橱柜搬到屋外，掀起榻榻米，开始挖地。住大杂院的人窃窃私语着围拢来看。

我哆嗦着搂紧妈妈。我本是亲眼见奶奶从阪神国道往西远去的，此时却笼罩在奶奶的尸体会从潮湿的黑土中出现的不安之中。

地板下什么也没挖到。警察粗粗收拾了一下，扫兴离开的时候，时间已是傍晚。填回土，铺好榻榻米，把简陋的衣橱和橱柜搬回原处后，那股子土腥味儿似乎还在不停往上涌。

妈妈歪坐在房间一角，把躺着的我的头移到自己膝头。

"由美子，别再穿这样的女娃娃裙子啦。你是大姑娘了，露出内裤可丢人了。"

"可是，那以后就没来了嘛。"

妈妈一边把我的头发编成三条小辫子把玩着，一边笑着说："开始时是那样子的，也有女孩子一两年也不来的。"

妈妈的鼻尖和手背晒得很黑，跟一年前比，感觉老了很多。

"爸爸明年起就工作了，妈妈也要辞掉工务店的工作，去站前的'多福'什锦煎饼店干。他们说一直干的人辞职了，要我去管炉子。"

"嗬，是'多福'吗?"

"是'多福'啦，跟由美子一样的。"

"那我漂亮吗? 还是很难看?"

"慢慢会变漂亮的。"

"噢，现在还是难看的呀。"

虽然榻榻米和家具都搬回原处，却感觉是躺在一个布局改变了的陌生房间里。我望着到了寿命、微微颤动的日光灯，被像是有生以来第一次体味到的安心感所包围。所谓安心，我觉得，一定是指那时的那种心情。啊——奶奶肯定死在某个地方了，爸爸也能工作了，妈妈也要辞掉建筑工地的活儿了，我也来了初潮——这样的思绪一瞬间汹涌而来，我沉浸在名为"安心"的那种转瞬即逝的心境中。

你出现在我面前，是在那起事件发生后的第二天。公寓朝向后巷最边上的一家，住着一位中年鳏夫，姓中冈，你就是那个嫁来续弦的温顺女人带来的孩子。

我从学校回来，看见你正在对着"隧道大杂院"一侧高高的砖墙投棒球玩，头上歪戴着蓝色的棒球帽。一个没见过的男孩子独自在玩，我走过时瞥了一眼，不由得就注意你了。你是个没什么特点的男孩子，我那时为什么会在意你呢？那天，你往砖墙扔棒球一直扔到傍晚，我好几次从远处偷看你。

三年后，你妈妈去世了；几乎是同一天，不见踪影的奶奶的死亡通知发下来了，注销了户籍。从那时起到二十多年后的今天，还是没发现奶奶的遗体。要是她还活着，早已过了百岁，那是不可能的，但是我越想越觉得，没有人会死得那么离奇。奶奶以离奇消失的方式离开这个世界，而你出现在我面前，就像跟奶奶互换似的，让我有点不寒而栗。

奥能登的天气反复无常，前一刻还晴朗得令人心情舒畅，转眼就云起浪涌，周围变得如同黑夜。三年前，我带着刚满四岁的勇一初到此地那天，也是这样的日子。我在金泽换乘七尾线电车，从车里注视着天空不停变脸，时阴时晴，整个半岛像从春天倒回冬天一样变得阴冷。

那一天，我是早上七点离开尼崎。在向一直承蒙关照，又介绍了再婚对象给我的房东夫妇致谢之后，我和妈妈一起走向阪神电车的尼崎站。站前公园里盛开的樱花大多已经凋谢，碰上那天风大，卷起满地落英。

我去买车票，妈妈在一旁哭——你死的时候她也没掉泪，行色匆匆的上班族走过时，都回头看我们。

"由美子，不喜欢的话，随时回来，回来跟妈妈一起过。"

"嗯，我厌倦了那个家的话，不会勉强，就回这边来。"

"说什么呀。一旦嫁了人，就得咬紧牙关，成为家里的一员。要是那么随意，一开始就别考虑再婚。"

妈妈紧紧抱着勇一，说着前后矛盾的话。弟弟健志在汽车销售公司工作，还是单身，他打包票说："不用担心，我管妈妈一个半个人，没问题。"

所以我也就放心了。安抚了几句说要一直送我到大阪车站的妈妈之后，我登上通向站台的台阶，一步一回头。

站在杂沓的站台，我眺望了好一会儿生我养我的尼崎，这时候，我清楚地明白了自己为何起了远嫁能登最北端的破落渔村的念头。不是牵挂那位叫关口民雄的三十五岁男子——他特地带着八岁的女儿从能登来相亲；不是因为讨厌有害烟尘笼罩、桑拿和夜总会的霓虹灯环绕贫穷公寓的尼崎这个城市；也不是受不了在情人旅馆重铺留有浓烈体味的床单那份活。我，就是想逃离跟你有关的风景、声音、气味。当我察觉这一点的瞬间，心中没来由地浮现出烈日下从阪神国道向西渐行渐远的、奶奶最后的身影，历历在目。我突然不能自制地想要跑回一定还站在检票口的妈妈身边去。如果当时不是遇上了阿汉母子，我一定抱着勇一冲下站台了。

阿汉是朝鲜人，身为女人却剪了个男人头，穿着男装工作服，独自开着轻型货车回收废品。红脸膛、高颧骨的她实际年龄是三十八岁，但看上去足有四十七八。那天，这位阿汉一左一右牵着七岁的儿子和五岁的女儿，背上背着八个月的吃奶婴儿，穿着平常那套工作服，在等电车。她平时不爱理人，没想到那天她一看我的脸，就走过来问：

"一大早，去哪儿呀？"

我平时只看她像个男人似的叼着香烟开车，对她柔和的女性口吻颇感意外，慌慌张张地就老实作答了："我这是去能登。"

"能登？能登在哪里？"

"在石川县往北。"

"到那种地方去干吗呢？"

前往梅田的快车进站了，我迟疑不决，不知该不该走下检票口，没想到阿汉放开她儿子的手，一把抱起勇一，大喊一声：

"冲上去，给阿姨也占个座！"

车厢门一开，她儿子从要下车的人脚边钻过去，躺在空座位上喊叫起来："占到啦！妈，占到啦！"

我还没来得及说什么，阿汉已经带着勇一上了电车。我只好也上了那趟电车。

"哟，是再婚啊。"

阿汉的大嗓门惹得周围乘客一起看着我。我很不好意思，就改变话题，问她："那你这么早，又是去哪儿呢？"

"去天王寺动物园。今天是星期六嘛，我想趁上午有空去一下。"

"带着三个孩子，真够呛啊。"

"就是啊。不听话，老是吵着要去。"

我在电车里想，到了梅田，就直接返回尼崎吧。可是到了梅田，阿汉提出送我到大阪站。

"今天太早出门啦，时间有富余呢。别客气，没准儿一辈子都见不着啦。"

我小跑着跟在牵着孩子噜噜噜往前走的阿汉身后，转念想，总之先到曾曾木去，要是不喜欢了，就真像妈妈说的那样回来就行了。

阿汉进到站台，陪我等"雷鸟二号"到来。她脸上的表情告诉我她想对我说些什么，但她几次张开嘴又闭上了；看着她两个脏兮兮的孩子，我不由得泪水盈眶。我跟她迄今为止都没好好地说过一次话，她怎么就想着一直送我到站台呢？真不可思议。

"以后可要大发挥啊……要加油啊。"她正颜厉色地说，"两腿使劲一夹，男人就搞定了。重点是笼络对方的孩子，这你可得动真格的，实实在在地干！"

站台广播通知列车要进站了，我"嗯嗯"着点点头，跑去找在站台玩的勇一。

列车开动时，把婴儿随随便便地捆在背上、左右手各牵一个孩子的阿汉，还站在站台上笑着，金牙闪亮。那是十年来阿汉头一次向我露出笑脸。

那时我的心动摇得厉害，充满了不安、担忧和后悔，阿汉究竟为它注入了什么东西呢？阿汉究竟是怎么想的呢？她为什么要送彼此都没好好说过话的我到站台去呢？我有时会梦见和阿汉母子一起去某处玩，在梦中，她那颗金牙闪烁着高贵的光芒。阿汉一贯节俭，唯独对那颗金牙不惜血本。

在金泽转七尾线电车，这趟车站站停，到达轮岛花了三个半小时。连头一次出远门闹得欢的勇一，抵达金泽后也兴味索然了，在晃得厉害的七尾线旧车厢里跑来跑去，这儿摔一跤那儿摔一跤，车过七尾之后就睡着了，我终于可以静下心来望向外面的景色。左侧是低矮的山围着狭小的田地，右边远处可见大海。随着列车驶向半岛尖端，天空也一点点暗下来了。到了稍大的站，就有许多放学回家的初中生和高中生拥上车来，又在到达下一个大站前渐渐减少；到他们都走光之时，又上来一批学生。这些学生和城里孩子一样，都会用早熟、自大的目光打量我们母子。

抵达轮岛前，我一直望着外面，和死了的你说话。想不起说了些什么，但那时我形成了一个习惯，就是每当一个人独处时，下意识地就要跟你说话。而我对着说话的你，就是走在铁轨上的你的背影——那个光是想象一下就心寒的背影。每当此时，我的另一颗心就清晰地感觉到一种如痴如醉的、奇特的欣喜。

听你嘴里说出"我喜欢你"这句话，我是那么地高兴！有生以来，之前和之后，都没有那么高兴过。

我们都只有初中毕业。因为想尽可能地让弟弟健志读完高中，所以妈妈要我放弃升学时，我也不怎么伤心。我知道，爸爸长期卧病在床，家里供不起两个孩子上高中。然而，你却是自己顽固拒绝升学，到钢铁厂从学徒做起。你在初三那年没了妈妈，你准是怕拖累没有血缘关系的爸爸，才硬要那么做的。你学习又好，又眉清目秀，所以我有很多情敌。那些情敌几乎都升学读高中了，这让我觉得像是和你进入了一个只有我们俩的小房间似的，心怦怦直跳。自那时到成人，其间有过许许多多事情。即使有过那么多的种种事情，我对你的感觉也从没有枯萎过。

于是我们结婚，生下第一个孩子，之后的第三个月，你不明缘由地自杀，我就失去了你。自那时以来，我活得像个空壳。为什么你要自杀？原因究竟是什么？我用像是已经痴呆了的脑袋想了又想，想累想疲了，就觉得无所谓了，不知不觉就卷入了房东夫妇提议的再婚话题里。

就要抵达轮岛时下起了雨，道口的警笛声近了又远去，铁轨旁的民居，也慢慢变成带有乡土味的穷村子。

大风刮起毛毛雨横扫而来，列车上一路暖气开得挺大，热烘烘的，所以在轮岛站下车时，身子不禁哆嗦起来。时值四月却冷似寒冬，我不禁嘀咕道："哇！来了一个什么地方!"勇一还迷迷糊糊的没睡醒,我抱着他步履沉重地通过检票口。一群观光客模样的人挤在检票口,该来接车的民雄却不见踪影。我心里某个紧张的角落在想:还是回去吧。我这是怎么啦? 肯定是疯了,所以才会大老远地跑到这能登的尽头来。

约莫五分钟后,民雄和女儿友子冲进了车站。民雄很抱歉地解释说,为了给一批关西来的团体客准备饭菜耽搁了时间。八岁的友子被爸爸推了一把,像背出事前商量好的话似的低头鞠躬说:

"谢谢你们过来。"

我们彼此没怎么郑重其事地寒暄,就上了民雄驾驶的轻型汽车。汽车穿过轮岛的街道,沿海边狭窄而又蜿蜒曲折的道路走了近三十分钟。乌云渐渐减少,从中露出紫蓝色的天空。这种天空究竟预示着天气要变坏还是要变晴?无法辨别的云壁在雾雨上方翻腾。我透过水滴濡湿的车窗,眺望晃荡着的、广阔无边的日本海。汽车穿过几个小村子,再次来到海岸边。第一次看见曾曾木的大海,我不禁瞠目而视。此时遍洒雾雨的大海的颜色,究竟该怎么形容才对呢?它是迄今为止从没见过的、波长峰平翻滚的海，只有浪头异样地、白白地抛起。

关口家是面朝大海的两层小楼，是旧房子，只有瓦片是新铺的。民雄是家中长子，初中一毕业，马上去大阪曾根崎新地一家饭店工作。他在那里一住十年，取得了厨师执照。听说他原本打算一直在大阪住下去，可又不可能丢下年迈的双亲不管，正好轮岛的观光旅馆找厨师，索性就返回曾曾木了。民雄与本地人结了婚，第三年妻子就病故了。关口家除了民雄父女，还有五年前丧偶的六十八岁老父亲和三个弟弟妹妹。

弟弟妹妹在大阪或者名古屋成了家，所以我没有家婆、小姑的麻烦。民雄一把我送到家，就又出门了。他说周六的团体客宴会结束得晚，很抱歉这个特殊日子还要出门，没办法，旅馆老板恳求他撑着，还说会尽快回来，说完就出去了。我倒松了一口气，坐在楼下的十叠间无所事事。我侧耳倾听：啊，这就是海鸣吗？民雄的父亲用难懂的话跟我说，跟亲戚、邻居打招呼的事放在明天，今天好好放松一下。他穿着衬衫，外罩一件棉袄，脚上的黑袜子破了个洞。我问他针线盒放在哪里，可因为男人当家超过两年，看来家公也不知道东西是怎么收的了。他说四五年前因轻度中风躺倒过，之后嘴巴和右手就不方便了。跟短发斑白、满脸皱纹而模样温和的家公相对而坐，紧缩在我体内的不安和紧张似乎也有所舒缓了。特别怕生的勇一见老爷爷招手，直接走过去坐到他膝头，我见状吃了一惊。友子穿着红毛衣红裤子，孤零零坐在对着厨房的、大大的地板间，假装玩耍，其实在窥探我的动静。我突然想起阿汉的话，就走到友子身边对她说道：

"从今天起，我就是你妈妈了。"

友子马上仰起脸对我笑，我闻到了确确实实的、小女孩的气味，那一瞬间，我那一直无所凭依的、收紧的心情顿时舒展开来。一想到这孩子一直期待着我的到来，我马上精神起来，潮乎乎的家也好，响在耳边的海鸣声也好，冷冷的、黑亮的地板间和画质很差的电视机也好，感觉都像已经熟悉多年。

那一晚，我在面向大海的二楼八叠间铺开一家四口的被褥。经过长途旅行的勇一该已疲倦，却总是睡不着。友子也在民雄身边翻来覆去，时不时想起什么似的抬起头，向我展露笑脸。

从日本海刮来的强风，透过套窗小小的缝隙，像吹笛子似的响个不停。我屏息听着，在这期间，我察觉波浪的进退并不总是保持一定的间隔，每回强弱不同，吼声也不同。我想，是风的缘故吧，这里到了冬天会刮什么风呢? 我闭上眼睛，开始迷迷糊糊的时候，民雄的手掌进来了。

每次套窗发出咯噔一声，我都睁开眼睛，瞪着天花板上的小灯泡。人的心究竟是怎么回事呢? 在总觉得陌生的、不属于自己的被褥枕头的气息中，我自然地移动身体，去接受一再想要融合的对方。只有这个时候，死去的你也好，你的背影也好，都收藏到脑海深处。在轰隆轰隆的风浪声中，身体微微渗出汗来。

忙碌而心情舒畅的日子持续着。民雄是个好人。旅馆客人的早餐，由住在旅馆的年轻厨师负责，所以民雄只需周日早上五点去旅馆。其余时间只要没有团体客，他十点出门就行。不到一个月时间，友子就能毫不勉强地喊"妈妈"了。老爷爷也很喜爱勇一，晚饭之后，他就让勇一在他膝头入睡。勇一也把那里当成自己的地盘，玩累了就爬上老爷爷膝头。附近的太太们在外总是戴面纱遮住古铜色皮肤，背着竹篓，我一来二去也跟她们熟悉了，不时一起搭巴士去轮岛的早市。海鸣声也好，风声也好，波涛汹涌的浩瀚大海也好，背后不算矮的石黑山上树叶沙沙响的那份凄寂也好，还有这一切围绕下的、散布的民居也好，对这一切，我不知不觉中已经没有了格格不入的感觉。乌鸦、海鸥以及如烟冒起的大群麻雀、雨后必跨立于水平线上的大彩虹，也不能叫我吃惊了。住惯了，就不禁感叹这奥能登是一块贫穷得超乎想象的土地。我开始明白，看不见有拼劲的年轻人的身影，是多么寂寞！丈夫去东京工作、两三年没见过面的妻子多的是，还有的家庭丈夫一去杳无音信，妻子五年没收到汇款。子女一毕业，就到大城市就业，在那里建立家庭，不回来了。尤其是曾曾木及其周围村子，渔业也废了，村里只剩孩子和老人。近几年旅游观光热，旺季里酒店、旅馆接待不下了，于是整个奥能登掀起民宿热。比起大酒店或旅馆，大城市的学生和上班族似乎更爱选民宿；附近家家户户只把澡池子和卫生间改了改，就在大门口挂上"民宿协会"的招牌。

民雄提出"咱家也办民宿怎么样"，是在秋末的时候。他小心翼翼地说，很早就想办了，就是碍于家里没个女人。

“可我毕竟还得在旅馆工作，办了这项副业就跟旅馆成竞争对手了。”

民雄试探了一下旅馆老板的态度，很意外，老板很赞成。老板说，旅馆和民宿顾客群不一样，有摸上门的散客转介去民宿，他们也高兴，这是好事。

“我觉得很难开口，好像是专门为了这个请你来的，加上几乎都得靠你……”

民雄的理由是，比起借钱搞个饮食店，还是照旧做旅馆厨师安稳，但如果光靠做厨师养家，孩子们大了就有问题。他说，友子问题不大，勇一是男孩子，怎么也得供他上最好的学校。不算在轮岛镇上做生意的家庭，这里能供孩子上大学的家庭几乎没有。我很感谢民雄的心意，而且我自己也闲不住，于是说好逐步改建房子，定在来年黄金周开门迎客。

头一次迎来曾曾木的冬天，是难以言喻的，每一天都是狂风大雪、波涛汹涌。我在被炉里听家公讲从前的事，心想，这奥能登的人们，只能依赖盐碱地和豁命出海，他们究竟是靠着何等的智慧和坚忍才得以生存下来啊。勇一穿着说是民雄奶奶织的御寒服——这里叫做“傻裹里”，在浅雪中玩耍。带咸味儿的寒风刮过脸颊，脸马上红肿，粘着鼻水就开裂了。我满意地看着勇一的眼神变得踏实、随和；住在尼崎时，他是东张西望，眼珠子不停转动的。我想，再婚好啊。我大致每个月写一封信，略带夸张地告诉妈妈我在关口家的幸福生活。可是，每当我和友子在厨房里收拾，听着民雄和勇一从澡池子传出来的笑声，却会想，唉，如果那是你和勇一的话，该有多幸福。一起这念头，腰部就嗖地发冷，掉进坐立不安的恐惧里。这恐惧不是针对居然这么想的我，而是针对突然从世上消失的你这个人。你为什么要死掉？为什么直到被轧的那一瞬间都要走在铁轨中间？你究竟要走到哪里去？我停住拿碗的手，目光落在洗碗槽的角落，拼命地想，希望知道寻死之人的心思。

那是一个风特别大的日子，十天后就是新年了。

为了向保健所提交民宿的相关材料，我把勇一托给家公，从曾曾木搭巴士来到轮岛。出门时雪花横刮，办完事情走出保健所时风雪已停，于是我难得地一个人逛逛大服装店，又进化妆品店买了点东西。我沿着路旁一排老字号漆器店的狭窄马路走去轮岛车站，坐在咖啡店里喝着咖啡等待发车。

一名三十前后的男子进来要了咖啡。一眼就能看出他不是本地人。可是，怎么看也不像是观光客。搁在桌上的咖啡一口没喝，他就出门而去。我之所以留意这个人，是因为他是严重的斜眼，跟你偷了自行车那晚越揉越厉害的眼睛相像。

那人上了我搭乘的、前往曾曾木口的巴士。轮胎绕了铁链子的巴士走得比平时慢，花了一个多小时才过了大川的村子。那男子的头发梳理得整整齐齐，不过没有光泽；他像是累了，只望着海。每到一站，他都站起来又坐下，似乎迟疑着是否下车。我从他身上感觉到的不寻常，说到底，就像是我自己的感伤吧。我想，这个人是来这里寻死的。

男子在曾曾木口前一站的沙滩下了车，下车时仿佛用那只斜眼看了我一眼。我也慌忙下了车。其实也没想好该怎么办，就只是跟在他后面。那人明明提前一站下了车，却沿着冰封的海边道路往曾曾木走去。

面朝大海的简陋民居，用箭竹做了间墙围住，防御大风和溅起的浪花。粘在上面的冰粒似的雪，被来自海上的

036

狂风刮得嗖嗖地飞散开来。打在防波堤上的浪花，变成水花迎头浇下来。屋瓦上的雪片刮到空中，眼看要掉下来，却跑到山边去了。路上只有我和那人的身影。我用戴着毛线手套的手掌按住裹脑袋的围巾，跟着走，浑身湿透。此时，黑乎乎的天空和大海、飞溅的浪花和轰鸣的浪潮声、冰一般的雪片——所有一切都消失了，只有我和你——深夜里走在铁轨上的你，只有我们两个人走在路上。那是我用尽力气去拥抱，你也不会回应的背影。是不管怎么问、用什么话砸向你，你都绝不回应的背影。是骨肉至亲的哀求也听不进去的背影。啊，你只是想去死而已，没有理由没有原因，一心想死掉而已！这么一想，我霎时放弃了追踪，呆立在那里。你眼看着远去了。

忽然发现，我站的沙地旁有一条叫"松本丸"的渔船。我从防波堤的缺口走下沙滩，走到白白的小渔船旁边。我佝偻着身子，迎着日本海的狂风走。我靠着渔船，望着在咆哮声中迫近的漆黑的海。围巾和外套几乎被扯掉。感觉不到寒冷和恐惧。我整个人贴在被丢弃的渔船上，久久地看着冬天的海，我的身体随着大海的晃荡而摇晃。想回到尼崎那个"隧道大杂院"去。该怎样就怎样吧，不想要什么幸福，死掉也行。这样的念头跟轰然而起、浪沫飞溅的大波涛一样，不停地在心中产生。我像个孩子一样号啕大哭。这时候，我清楚地明白了：你死了。啊，你是多么孤寂、可怜的人！泪水和呜咽扭曲了我的脸，我哭啊哭，不知道究竟在那里哭了多长时间。偶尔看一眼旁边，民雄竟站在那里。我惊叫一声，好一阵子说不出话，就只看着民雄锐利的眼神。

"怎么啦？你怎么在这种地方？嗯？究竟怎么啦？"民雄抓住后退的我的肩膀，说，"赶紧回家吧。待在这种地方会死人的。"

家公和勇一躺在被炉里，友子大概在附近朋友家玩吧，没看见她身影。我浑身哆嗦，民雄抱着我上了二楼，打开被炉开关，又点着了石油炉。我像是嘴角麻痹了，想说也说不出声。我换了衣服，躺进被炉缩成一团，一直抖个不停。在我缓过气来之前，民雄什么也没问。他倒了热茶，等我喝下，才瞪着我说：

"你不说出原因可不行。"

见我沉默不语，他语气平和地问：

"这个家，你不喜欢？"

我摇头，不过也懒得去想如何解释才好。

"看见海，就伤感起来了。"

我好不容易开了口，民雄瞪着我的目光，却是迄今没见过的严厉。

"又冷、又伤感，眼泪不由自主就出来了。"

"为什么躲在那样的地方看海？"

就在那时，那样的话怎么就冲口而出了呢？我跟他对视了一阵子，用自己也吃惊的挑逗口吻喃喃道：

"你前面的太太，和我，你喜欢谁？"

民雄眼中流露出放心的神色。然后，他结婚以来头一次粗鲁地来调情。我想问他怎么找到躲在渔船另一边的我，却没开口，只是盯着已成褐色的榻榻米的缝隙。

严酷的冬天结束了，转瞬春天过去，进入旅游旺季的五月，我们迎来了民宿的首批客人：三个结伴从大阪来的大学生。从此至整个黄金周期间，简直忙个没完。因为最初只打算做夏天的生意，所以其他日子来住的客人，我们不好应付，真是又高兴又为难。一家人原定住在楼下的十叠间，但客人不期而至，只好匆匆收拾出二楼。客人给了钱，就要提供基本的饭菜，有时就让民雄悄悄送鱼过来。就这样迎来了夏天，一直到九月中旬都不断地有人来住。本年来的客人，又介绍了别的客人，到第二年，有些日子连家人睡的房间也没有了。一年过去，两年又过去了，我们置齐了像样的餐具、被褥，我也明白了怎么赚钱，一下子就能计算出在什么地方、怎么做能赚到钱。

去年秋天，为了出席弟弟健志的婚礼，我带着友子和勇一时隔两年半回到了尼崎。民雄原定也一起来的，但把家公一个人留下怎么也说不过去。

"你信写得勤，我就放心了。勇一明年上学啦？真的长大了。"

妈妈在新搬进去的公寓里有一个房间，看来过得还挺轻松愉快的。

"健志，看来势头很好啊，租了一套有这么多房间的公寓。"

"媳妇是钢琴老师，有三十个学生呢，收入比健志还多啊。"

妈妈指着房间里的大钢琴，略带不满地笑着说："我一天到晚听孩子们弹琴，弹得那个难听呀，人都要疯掉了。"

我很感谢健志的媳妇，结了婚还肯跟我妈妈一起住。

"婚礼前一个月就住在一起了。这年头的年轻人，也不在乎做事情得有个先后……要紧的是，由美子，看来你的事我也可以放心了。"

"嗯，您就放心吧。"

妈妈很高兴，她摸着友子的脸，说了又说："我是外婆哩，你是我的小外孙女呀。"

第二天，婚礼结束后，我去以前住的"隧道大杂院"一带走一走。两年半前离开尼崎的时候，这里还是"隧道大杂院"，现在已是个大停车场。我跟做媒的房东夫妇寒暄一番之后，带着勇一和友子进了公园旁边的咖啡馆。那是你不时去一去的店子，看见它一成不变的门面，我突然怀念起来。烫鬈发的年轻老板看见我，吃了一惊，走过来。他知道我再婚了，却一副很怀念的样子，说起你往日的事情。

"那天，八点来钟，他来到店里，喝了咖啡。"

"'那天'是……"

"就是他死的那天呀。工作结束了，他回到这边，顺路进来喝杯咖啡。"

"啊?"

"跟平时没两样的呀。所以第二天读报纸,真是大吃一惊。当时他还坐在吧台边上,笑嘻嘻听我们瞎掰呢。"

"这么说他下班后回来过?"

我情不自禁地追问道。我根本没想到,你那个晚上都已经回到家附近了,还喝了咖啡!

"他好像身上忘了带钱,说马上回家取;我就说,下次来一起算就行。"

"啊,他还欠着咖啡钱?"

"他走的时候说,老板,不好意思,账先挂着,我下次来付。后来知道他当天晚上就自杀了,感觉就像做梦一样。"

我要把你的账付了,老板连连摆手说:"不不,我说这事不是要收钱。时至今日,我根本没想收这个钱——不用,不用,我绝对不会接受。"

我在返回曾曾木的列车上一直在想:那天晚上,你回到家附近,又走去铁轨,走的到底是怎样一条路线啊?一直到走出咖啡店为止,你都没想寻死的——虽然没有任何根据,我却不可思议地认定是这样。

如果是那样，出了咖啡店之后，发生了什么事？我想象了几种能想到的情况，拿来同一个人下决心寻死的理由相对照，但这些理由怎么都跟你联系不起来。

此前从没想过你那个晚上的举动，以为那个晚上的你缩进了某个区间，那其实是一个错觉。从咖啡店到铁轨中间的大约两个小时，反而变成了没有尽头的怪异空洞，扩大开来。

那一年是十二月三日下的初雪。雪从半夜开始下，到黎明时分才停。我突然醒来，看看枕边的手表：六点刚过一点点。若是在春夏，房子后头或者海边就会传来有人下田或出海的动静；但一过十一月，就悄无声息了。可是，这天房子侧面传来了缓慢地走向海边的脚步声。是嘎吱、嘎吱的踏雪声。所以我迷迷糊糊觉得这场初雪下得好大。听不见海潮喧嚣和北风呼啸，让我一时不知身在何处。

我爬起来，点着了石油炉，披上民雄的开衫，打开套窗。只见悠闲的朝霞映照着沼泽般静悄悄的海面，难以想象这是在隆冬季节。朝霞染红的初雪，堆积在马路、屋顶、防波堤和沙滩上，一点也不像雪，仿佛铺了一地炭火。

弄出脚步声的人，是留乃。她是个中年女人，住在鱼鳞墙土仓里，那里有一条小路连接通往宇出津的国道，她丈夫不久前才去大阪打季节工。他们靠小小的田地种稻米，刚够自己吃，所以不时选个风平浪静的日子驾马达小艇出海，捕几条鲈鱼、黑鲷换钱花。

我想，留乃要出海，今天海面该是风平浪静了。留乃是个谨慎的人，有可能起风浪的日子，是绝不出海的。她擅长根据风和云的情况，预知当天的天气，这一点，甚至让村里的老人都对她另眼相看。

在町野川注入大海处，有一座小沙丘，留乃的小艇就搁在那里。留乃穿上了所有能穿的衣服，走过铺雪的沙滩，披一身鲜红霞光，仿佛带着某种神性。我忘记了刺骨的寒冷，呆呆地看着她。

她发现我从套窗窥看，停住脚喊了一句。我用身体动作表示询问，她又说了一次：

"我去捕蟹，你要买吗？"

我觉得买她的会便宜，就点头示意，竖起三根指头喊道：

"买三只。哎——三只就够啦！"

我完全醒了，目送留乃的小艇响起马达声，开出海面去了。太阳开始升起，红色迅速消退的海面上，出现了闪闪亮的东西，闪亮的范围比平时大得多。在不见一道白浪、风平浪静的海中央，漂浮着金粉似的光。不久，留乃的小艇就和那些光合而为一了。

"喂! 还不关窗? 家里头结冰柱子啦。"

民雄发话了，我关上套窗，回到被窝里。

"雪积了老高。"

"又看着雪，跟谁说悄悄话了吧。"

我一惊，试探性地问道："谁? 跟谁?"

民雄翻一个身，转向我这边，嘻嘻笑着说道："那我可不知道。"

他睡眼惺忪，一眨不眨地看了我好长时间。 朦胧的目光渐渐有神了，手伸了过来，开始摆弄我睡衣衣襟重叠的地方。他抚摸着我的臀部，悄声说："我发现啦。"

"发现了什么?"

"这里也有雀斑，像小姑娘的屁股。"

"骗人。那种地方怎么会有雀斑。"

"谁骗人了? ……你不知道吗?"

"谁在乎那些东西嘛。"

看样子又要来黏糊了。我推开民雄的手，起身了。

"我呢，从小就有自言自语的毛病……老让妈妈训斥。"

"真不知这女人在想什么……一白遮百丑啊。"

民雄硬要拉我过去，我终于摆脱时，套窗喀哒喀哒响起来。

就在准备早饭的时候，风势更大，通常的海鸣变成地鸣压过来；海岸的积雪被翻卷起来，变成一片片薄纸飞向村子。

我担心留乃，从厨房小窗注视着能见度只剩二三十米的海面。无数浪花汇成小小的龙卷，被吸向灰沉沉的天空。那么风平浪静的海，转眼之间就突变到这个地步，实在难以置信。看我露出担心的样子，家公说：

"没事的。留乃是个不死身，这女人，就是游也能游回来。"

他嘴上是这么说，脸上却没有笑容。民雄出门时，顺路去渔业合作社，报告了留乃驾小艇出海捕蟹的事。据说聚在一起的老人面面相觑，一时哗然。但也只能等待风暴过去再说了。海面状况如此险恶，根本无计可施。

风暴到了傍晚也没停息。我回想起今天早上根本不像是曾曾木的大海上那平静的朝霞，在心里头描画出留乃的小艇变成一粒光子消失的情景。而这时候，堆积在沙滩的雪已被刮走，只有浇上了飞溅的浪花后冻结起来的、斑驳的雪，像灰色的血管一样贴在地上。

这时，从大谷去轮岛的巴士停了，留乃从车上走下来。我仿佛在做梦，跑出大门口去，证实那确实是留乃之后，便往渔业合作社的事务所跑去。

见那么多老人家围上来，留乃吃了一惊，一时间不知道该从哪里说起。

"我是出海了，但海面实在太安静了，渐渐我就预感到不妙。我猛然醒悟：这一定有问题。于是我就赶紧回头。差一点上当了。即使那么早就察觉，我也只来得及在真浦的岩场靠岸。在真浦上岸后，顺便去了亲戚家休息，就等风小了，巴士开动。"

不愧是留乃，清楚这片大海的底细。老人们不住地夸她，又开她玩笑。留乃看见我，把手里的尼龙袋子朝我一递，若无其事地说：

"你要的抓到了。"

我瞠目结舌，接过三只蟹，跑出酒气熏人的合作社事务所，在夹着雪的大风中回到家里。

发现还没付蟹的钱，我吃过晚饭，就去了留乃家，走在雪道上时发出了踩裂玻璃的声响。土仓的小窗透出光来，鱼鳞墙上围了一圈晒成干的柿子和萝卜。敲敲入口的门，传来留乃的大嗓门：

"谁？门没锁。"

我交了钱就要走，留乃给我端来热水，说这么冷还特地送钱过来，怪不好意思的。

"你先前的丈夫是怎么死的？"

之前已经被人问过多次，每次都是随口应付，但这次面对留乃直通通的大嗓门，我却不禁答道：

"自杀的。被电车轧了。"

"哟，是这样，真叫人难受啊。"

留乃若有所思。她的眉生成八字形，眼角却挑起；而脸庞正中形成一个明显的菱形。这个长相，乍看之下还真分辨不出她是个随和的好人还是个坏心眼的人。

"义江病死了，关口家的民雄也是好可怜。死去的义江，是这里往前一点的寺地人。民雄打算在大阪生活的，就为了和义江在一起，才回曾曾木的。是自由恋爱的老婆啊，年纪轻轻就死了，作孽啊。"

回到家，我让勇一和友子泡澡池子。什么是自由恋爱的老婆？这样的妻子去世之后，为什么要娶我这样的女人做后妻？

"妈妈屁股上有雀斑吗？"

我在浴缸里站起来，弯腰向友子突出臀部。友子找了找，说："有了，有了。这里有好多！"

她说着捏了捏从腰部到屁股缝的部分。然后，又拿来两面镜子，变换着角度要照给我看。但是镜子一下子蒙上了水汽，我看不到。

"奇怪呀，以前没有的。"

于是友子将我眼部下方的雀斑，与屁股上的雀斑比来比去，然后取笑说：

"妈妈，屁股上的不是雀斑，是脏东西。"

我笑了，突然回想起抵达轮岛那天见到的友子那张脸。那天友子说着"谢谢你们过来"，同时深深一鞠躬。洗好出水，我给勇一擦身体，友子又进了浴缸，然后开始说悄悄话磨我：要买这个，想要那个。发现我心情不好，她中途打住话头就准备离开了。

"擦干了头发再进被窝啊。"我说着拍了一下友子的后背。

当晚，民雄喝得醉醺醺的，很晚才回来。虽然风暴停息了，隆冬的曾曾木海边却依然笼罩在夹雪海浪和大风之中。震耳欲聋的海鸣，对于居住此间的人而言，已经不是巨响，只是一种熟悉的声响而已，我已经能够丝毫不以为意地入睡了。

"喝成这样，开车危险呀。"我推着怎么说也不肯换睡衣、直接钻进被子里的民雄，想起了留乃的话。"自由恋爱的老婆"这句话，讨厌地黏在我心头，赶不走。我怎么也按捺不住自己，对他死去的妻子吃起醋来。我拉走民雄的被子，扶他坐起来，冲他大喊："你撒谎！"女人气得发昏时的心情，就是女人自己也解释不了。

"你不是说，不能让父亲一个人待在这儿，所以才很不情愿回曾曾木来的吗？"

"噢噢，对呀。"

"我听说了，你是想跟前面的太太结婚，才从大阪回来的。是什么'自由恋爱的老婆'。那么用心的太太死了，为何还要娶我这样的女人做后妻？"

看到民雄呆呆地不做声，我越发生气，不禁脱口而出：

"你知道，我总跟什么人说悄悄话吗？"

"跟、跟谁说呀？"

"就是跟你、跟友子、跟你爸说啊。"

然后，我又像掩饰自己的谎言似的，喊着前言不搭后语的话：

"我拼命想成为这个家的人，拼命念叨着思考着，可你却是为了跟'自由恋爱的老婆'结婚，特地回到曾曾木来的。你撒谎！你骗了我！"

民雄窃笑着，哄小孩子似的悄声说："好啦，那事情明天再谈。那么可怕的事情，求你了，明天谈吧。"

说完，他用被子蒙住了头。我一下子老实了，他又好像担心起来，隔着被子问：

"你怎么啦……睡了？"

那一瞬间，迄今一次也没有说出口的话，从我嘴里冲了出来：

"我一想起他不知为何走在铁轨上、为何自杀，我就睡不着了……你说，他是为什么？"

民雄沉默了。他缩在被窝里，也不知道是什么表情。我换上睡衣，钻进被窝。过了很长时间，几乎连自己也要忘掉提出过那样的问题时，民雄冷不丁说道：

"人要是丢了魂，就不想活了。"

"魂？"

他这才从被窝里露出脸，即刻传出鼻息。

我闭着眼睛，听着他们的鼻息，想着从"隧道大杂院"时代到嫁来曾曾木渔村的漫长变迁。失去你的哀伤，是那么不寻常地撼动着我，拖着长长的尾巴，直到现在。别人无从猜测、找不到任何理由的自杀，让我心中郁积着痛失所爱的悔恨和哀伤。而我因为令人想要捶胸顿足的这份悔恨和哀伤，活到了今天。我这才发现，没下特别的功夫，民雄和友子对我就已经是不可缺少的了。我和勇一，不知不觉之中，也完全变成了关口家的人。也许正是对着你的背影说话这一行为，让险些枯萎的我支撑到了今天。

你的背影浮现了又消失，消失了又浮现。每当这种时候，我的心头就会呈现出不幸的真实模样。我看着你的背影，清晰地想着：啊，这就是不幸！

迷迷糊糊之中，我的心情沉浮在温暖的海里。那是二十多年前，警察搜查我家地板那天，我躺着，头枕在妈妈膝上，感觉到不可思议的安心，今天也是一样。我把大海的喧嚣、套窗的砰砰响、雨后踽踽独行于铁轨上的你的背影，全都推得远远的，顾自躺到深深的安心感里面。

冬去春又来，勇一也上小学了。

自那次以后，我就想，民雄那么说，究竟出于怎样的想法呢？我也没去证实，但开始实实在在觉得，在这世上，确实有一种会让人丢魂的病。不是那种表面的，例如体力的、精力的病，而是夺走在更深处的、至关重要的魂魄的病。这种病，怕是人自己养在身体里的吧。

患这种病的人心里头，也许会映出曾曾木的海上细波那稍纵即逝、无可言喻的美。春深了，曾曾木的海变成了墨绿色，我一个人出神地眺望着那时而狂暴、时而风平浪静的海。

看，又闪亮起来了。因风和日光的某种结合，大海一角突然开始闪闪亮。说不定那天晚上，你也看见铁轨远方闪烁着十分相似的光吧。

定定地注视着，甚至感觉随着细波的光，听见了悦耳的声音。仿佛那里不是大海，不是尘世，而是亲切安稳的一角，我几乎要蹒跚着走过去。但是，一度见识过曾曾木狂暴的海的本性的人，哪怕只见识过一回，也肯定察觉那细波是黯淡、冰冷的深海的入口，从而幡然醒悟。

噢噢，这样子对你说着话，心情很好。一开始说话，身体某处就呼地涌起温热的痛感，心情很好。

听见家公带痰的咳嗽声。他肚子饿了，就以这种方式通知在二楼偷懒的我。他想起什么了？从早到晚坐在檐廊笑眯眯的。

这时间，勇一也该放学回来啦。

夜　樱

在阪急电车的御影站一下车，绫子就在春风吹拂下，脚步沉沉地走在幽静的住宅区坡道上。明亮的路上，盛开的樱花无声散落。

腰带绑得太紧，太阳穴那里很难受。绫子就快五十了，跟丈夫分开大约有二十年了，因交通事故失去独生子修一也快一年了。

在陡峭的坡路上停步，回头望去，看见了大海。神户的海，在春霞之中闪亮，像一块银板。无论心情多好的时候，绫子都从没有带着幸福感去眺望从这里看见的海。看到拖航的大型客船或货船，她心头就涌起奇特的落寞，驻足坡道好一会儿，注视着远方的大海。绫子家要再往上走一百来米，夹在某银行董事长的邸宅和一个德国商人的洋楼中间。这所房子是从一个投机商人手上便宜买下的，他在婚后第二年就没落了；二层楼的柏木建筑，有高高的绿篱环绕，院子挺大。

往左一点看，六甲连山就在眼前。开上收费公路的汽车变得豆子般小，消失在绿色之中。坡道上除偶尔传来小孩子的喊声外，再没有任何其他声音。绫子又迈开步子。随风起舞的樱花瓣令人心烦。一个面熟的女学生从对面走过来，错身而过时，她笑着说：

"您好像有客人。"

绫子紧赶慢赶，气喘吁吁，颈脖、后背渗出了汗。向右一拐，看见了站在家门前的山冈裕三——她的前夫。

"不好意思，我去了一下梅田的百货店，所以就……"

在去年修一的葬礼上，绫子时隔二十年见到了裕三。裕三在五七、七七都过来陪她聊天了。他在神户经营一家船舶运输公司，比绫子大三岁。

"这怎么回事？"

裕三说着指指贴在门柱上的纸。那是绫子出门时贴的，上面写着："欢迎寄宿，仅限学生，须有担保人。"

"我想二楼空着……"

"手头紧？"

裕三皱了皱眉，问绫子道。见绫子沉默，他瞪了她一眼，说道：

　　"不要弄这种东西。跟我说一声不就行了吗？"

　　"那不一样。一个女人挺多事的，有个人同住的话，心情上也轻松。"

　　"现在的学生古怪的也很多，反而不省心。"

　　"是吗？"

　　进了门，绫子请裕三到面向庭园的八叠间。这房间以前作客房使用，修一死后，绫子就住在这里。绫子一打开外廊的大玻璃窗，裕三就站在一旁看院子里的樱花。

　　"开得正好啊。"

　　"今年好像比去年早了五天左右。"

　　修一死于院子樱花盛开之日。四月十日。

　　"这里的樱花特别棒。"

　　确如裕三所说，跟其他人家栽种在院子里的樱树相比，绫子家开的樱花不论颜色还是数量都好得多。宽大的庭园中央，矗立着三棵巨大的樱树，枝叶交缠。裕三的父亲战后从投机商人手上买下房产时，已有这三棵樱树。

　　"我家那头的樱花就算开了也很寒碜。"

绫子真希望早一刻把和服换成便装，但客人是裕三，反而较真了。葬礼和七七忌日都有绫子家的亲戚在，所以今天才是绫子时隔二十年真正单独面对从前的丈夫。裕三在绫子递过来的坐垫上盘腿坐下，说道：

"修——周年忌日的事，您尽管放心，全部让我来搞定。"

"你"字刚要出口，裕三慌忙改成"您"。绫子看着裕三开始变得雪白的、硬硬的头发，感觉他迄今隐忍了二十年的东西，正慢慢渗透出来。于是，她坐在榻榻米上，把目光定定地投向院子里的樱花。仿佛一只堆放过满的木笼子，里头的东西不断外溢——花瓣和春光一起，不住地落在地面上。

"邻居那德国人，还活着吗？"

"对。听说今年八十岁了，但还挺精神的。据说最小的孙子娶了日本人，他不喜欢，闹得挺大的。"

"来到别人的国家，弄个独立王国自得其乐，可见就是有些顽固不化吧。"

"您工作上还顺利？"绫子问裕三。

"不景气啊。社会上不景气嘛，没办法。平时在公司工作到十点左右。"

"跟年轻女人玩的时间，肯定留出来了吧？"绫子笑着打趣他。

"已经没那个精神啦。"裕三说着，神情落寞地看了前妻一眼，"要是知道修一会先走，当时就不会跟你离婚。真是不可挽回的错误……"

二十多年前，裕三就是说着类似的话，向绫子求婚的。当时裕三二十五岁，在位于神户北野町的一家会员制餐厅里说得很起劲。这是一家外国人经营的、当时少有的高级餐厅。

"若不是参了军，早就求婚了。即使明知要死，也得先拥有你。真是不可挽回的错误，我一直这样想的……"

绫子觉得奇怪，这些话怎么记得如此清楚？朝鲜战争开始了，裕三父亲经营的船舶运输公司大赚特赚。跟绫子离婚的第二年，他父亲去世，裕三就继承了父亲的事业。

"之前都没有机会说出来，老爸其实挺牵挂你的，临死前还说：要是她找到好男人再婚，我也就卸下负担了……"

绫子想起了家公的白头发和瘦削身躯。那是跪在御影这个家的门口向绫子赔罪，恳求二人不要离婚的家公。当时绫子边哭边孩子气地叫喊着不答应。

"不是我亲眼看见的话，我还能忍。可是，我就在跟前看见的。我亲眼看见，裕三抱着别的女人……所以，我绝对要离。"

说到"不可挽回"，自己当时说的话确实就是"不可挽回"，绫子心想。经过长时间恋爱才结合的裕三和绫子，只经过了三年多的婚姻生活，就分手了。把才一岁的修一交给绫子、把御影这个家给了绫子的，都是家公。虽然每月收到孩子的抚养费，但绫子在修一满三岁时，就出来工作了。伯父在六甲口开一家进口杂货店，最初绫子帮忙做些简单的事务工作，后来她慢慢掌握了进货和与客户打交道的诀窍，三年过去，就负责管理门店了，但她并没有打算当老板。直到去年四月修一去世，她一直在伯父的店里工作。虽也有人来说对象，绫子却没这心思。大的理由是自己有房子，生活也轻松。但最重要的是，绫子忘不了已经分手的山冈裕三。绫子有时会想，虽然丈夫是个不知何为吃苦的公子哥，但想来自己也一样是个千金小姐。听说裕三再婚的消息时，绫子像傻了一样，牵着修一的手，在石屋川河边来来去去走了好几个小时。那是很久以前的事了。

绫子一边往水壶里倒水，一边看看裕三的春季西服。是灰色带一点蓝的、做工精细的三件套。

"还一身年轻人的西服，颇有抱负啊。"

"饶了我吧。大女儿都要出嫁了……"

裕三爬过榻榻米，双手捧起装饰在壁龛的青瓷壶，说道：

"真令人怀念啊。"

青瓷壶是家公心爱之物，绫子与裕三离婚时，家公给了绫子。她眼前浮现出家公亲切的大眼睛，意料不到的话脱口而出。

"我就饶你这一回，再来我可就受不了了——那时候，要是这样说就好了……"

说到"修一也死了"，绫子突然哭了起来。裕三把青瓷壶捧在胸前，默默看着绫子。

"我也孩子气，你也是个公子哥。"

哭着哭着，绫子被无边的绝望感笼罩了。孤零零被丢弃在茫茫荒野上的那种寂寞感，从绑得紧紧的腰带上，直勒入绫子身体里来。原以为自己不是会在男人面前这样子哭哭啼啼的女人。总之，自己并不喜欢婚姻生活，从没有主动去找对象，离婚之后也从没有感觉到这样的寂寞。自己属于淡泊的女人吧。所以，连修一也死掉了——没有逻辑的思绪一下子涌现出来，让绫子止不住泪水。也许跟裕三像这样单独相对而坐，让此刻的绫子更加难受。绫子站起来，不作声地去了旁边的房间。她解开腰带，脱下和服，手捧要换上的连衣裙呆站着，目光怔怔地落在房间一角。

"我老婆住院了。"

裕三的声音隔着拉门传来，绫子从外廊走回裕三所在的八叠间。

"是子宫肌瘤。"

"要做手术吗？"

"医生说，可能还不止这个问题。要等开了刀才能弄清楚。"

"什么时候？"

"手术是下周二。人瘦得有点不正常……"

谈话暂时继续不下去了，绫子和裕三又把目光移向院子里的樱花。

"这里的樱花晚上很漂亮，对吧？"

"是啊。邻居董事长院子里的水银灯，做照明正合适哩。"

"哟，那真是好看了。"

裕三叮嘱完绝不可收留人寄宿，就回家去了。看看时钟，是两点。绫子在厨房洗洗刷刷时，门铃响了。出去一看，一个陌生的年轻男子站在门外。

"我想问一下纸上说的事——已经有人了吗？"

年轻人说道。他身材很高，穿着蓝色工装，怎么看也不像学生。

"还没有。是刚才贴的……可是，我想算了。"

"算了？"

绫子走到年轻人身边，揭下贴的纸，胡乱折起来。

"原想租二楼出去，但我突然改变主意了……"

"二楼，是朝南的房间吗？"

年轻人说着指了指。他看绫子点头，满脸欢喜，从胸前口袋里掏出名片递上，郑重地鞠了一躬。

"就今天一个晚上，请租二楼房间给我好吗？"

"就一个晚上？"

"我绝对是正经人。被子我也带来了，我会打扫干净，明天一早离开，不会给您添麻烦的。"

事出突然，绫子不知怎么回答才好，只是窥看那年轻人的模样。年轻人又鞠了几个躬。看他坦诚的笑脸，不像打坏主意的人，但绫子可不会答应把二楼房间只出租一个晚上这个事情。这小伙子看上去蛮善良，但也完全可以想象他会突然变脸，半夜里亮刀子。

"一个晚上的话，找间旅馆、酒店就行了嘛。抱歉，我不能答应。"

"还是不行啊。"

年轻人满心遗憾地仰望着二楼，突然，他想起了什么似的说道：

"那根电视天线——因为固定它的铁丝松了，所以图像效果不好吧？我帮您修一下。我是做电器安装的。除此之外，我帮您检查一下家里所有的电器，帮您调好。住宿费我也付，就请您把二楼房间租给我一个晚上吧。"

"你为什么就想住一个晚上呢？"绫子生气了，正颜厉色地问年轻人。

"我想在都是这种大宅子的安静小区好好睡一个晚上

试试。"

这古怪的说法让绫子笑了起来，不由得说道：

"既然那样，你现在就帮我修理电视天线？微波炉的定时开关也坏了，电冰箱除霜也不灵了——你都帮我修的话，可以考虑。"

当她心想"坏了"时，年轻人已跑向停在一边的轻便客货两用车，随后拿着工具袋返回，径直走进大门。绫子小心翼翼地带他到厨房，没说话，指指微波炉。

"干其他事我都不行，就修理电器是天才。"

果不其然，年轻人摆弄了五六分钟定时开关，就轻轻松松修好了。

"这里往东面一点，有一户牙医，对吧？"

年轻人说道。绫子看着一头短发的年轻人那健康的脸庞，心里头渐渐安稳下来。她到冰箱里拿了罐可乐，倒进杯子里给他。年轻人应该已经察觉屋里就绫子一个人，若是他有歹心，早应该动手了。

"那位牙医在医院旁边新建了房子，是三层的豪宅，从他楼上，看这边院子很清楚。"

"啊，都能看见？"

"家里头看不见，但院子里的樱花看得很清楚。很大、很漂亮的樱树……"

年轻人拔了冰箱插头，把它移到厨房中央，从背后检查机械部分。

"那房子的布线全是我做的。我从五天前就一直在欣赏您院子里的樱花了。"

年轻人说，恒温器坏了，这东西一下子修不好。于是先修屋顶的天线，两人上到二楼。打算出租的朝南八叠间，一年前还是修一住的。书柜、衣橱还是原样，修一学生时代就珍爱的三支网球拍挂在墙上。绫子打开关了两三个星期的窗帘。南北向行驶的阪急电车轨道也好，国营铁路的轨道也好，甚至更远处的阪神电车轨道，从这房间均可一览无遗。从六甲山山麓，直至远方神户的大海，都以庭中樱花为中心伸展开去。

"招租的是这个房间吗？"年轻人站在窗边，问绫子道。

"是这么想过，但已经作罢了。"

年轻人望着网球拍和书柜，突然想起什么似的从屁股兜里掏出五千日元的钞票。

"我的预算就这么一点啦。"

"我还没有决定租给你呢。"

年轻人以笑脸回应绫子的话，拿起铁丝和钳子爬上屋顶。

"摔下来可受不了！你小心啊，屋顶很陡！"

"太太，打开电视机好吗？"

年轻人在她头顶上方喊道。绫子慌忙到楼下去，照吩咐打开电视机，然后走出院子望向屋顶。

"图像怎么样？"

绫子听了，又进房间去看电视画面。她试调了好些频道，然后跑到院子里大声喊道：

"哎！已经很好啦！"

年轻人的脸从屋顶一角露出，又缩了回去。绫子上二楼，等年轻人下来。她感觉像跟年轻人认识了很久似的，心情难得地轻松起来。既然他那么想在这个房间住一个晚上，那就租给他一个晚上吧。年轻人下得房顶来，一额汗水。灿如初夏的阳光照耀着远处家家户户的屋顶。

"这个房间，是您公子住过的吗？"

对于年轻人的这个问题，绫子坦率地点点头，从窗户探出脸，指着石屋川的方向说道：

"他迷迷糊糊出去买烟，在那个拐角被车轧了。"

"是这样啊。"

"他死了。当场死了。"

年轻人也学绫子那样从窗户探出脸，凝望着石屋川。他晒黑的大手很粗糙，裂痕纵横。

"大学毕业了，刚进入商社工作。"

前方阪神国道上，无数汽车在奔驰。天气晴朗，但天空中却没有蓝色；海港蜿蜒的沿岸，矗立着一排排工厂的烟囱，一直延伸到大阪湾那边。绫子和年轻人并肩站在二楼窗前，好一会儿眺望着开阔的景色。

"今晚请租给我，好吗？"年轻人小心地说。

"就一个晚上。而且不提供饭，也没有任何服务。"

年轻人说傍晚拿被褥过来，高高兴兴地走了。他走后，绫子突然被后悔的念头笼罩，心里头七上八下，借洗衣物和收拾厨房挨过傍晚前的时间，中途好几次手拿年轻人的名片，站在电话机前。她犹豫着要不要给年轻人工作的电器店打电话推掉住宿的事，内心一番挣扎之后，才终于下了决心。她想，既然说定了，就不改了；这年轻人看上去温和开朗，并无恶意。

因邻居太太来邀约一起购物，绫子去了一趟车站旁的超市。邻居太太自顾自地东拉西扯说什么最近参与的志愿者活动啦、法式薄饼的烤法啦、杏仁酱的做法啦，等等，绫子随口附和着，心里浮现的是裕三的面容。感觉他的来访，不单是为修一的一周年忌日，但二人分道扬镳都二十年了，已经远了。对染指公司年轻员工的裕三，自己为何一次也不肯原谅呢？在樱花飘落的、安静的坡道上，绫子和饶舌的朋友并肩走着，不住地想。

突然，她感到颈脖火辣辣的。阳光和煦，脖子以上一阵上火，腰和腿脚却凉凉的。自修一出事以来，月事变得不规则了，大约三个月前，只来了一点点就停了。虽说年龄有关系，但绫子感觉不安和焦躁，感觉到自己身上某种自然的东西正在消失。

家门前放着个大大的被袋，换了一身西服的年轻人两手插在兜里，在等待绫子归来。绫子与邻居太太道了别，一边将冰冷的手往热乎乎的脸上捂，一边走向大门。

"打扰啦！"年轻人大声寒暄着扛起了沉重的被袋，然后麻利地把被袋搁在二楼，就下来了。

"你挺不客气的嘛，可以做个好生意人。"

绫子照直嘟哝道。自作主张却又不会给人带来不快，是这个年轻人天生的特质吧。

"不好意思，我八点左右再来。电冰箱我明天一定会修好。"

没等绫子说话，年轻人已经驾驶电器店的轻便客货两用车下坡去了。

八点刚过，年轻人来了。不止他一个——他带来一个穿着一条朴素的米黄色连衣裙的女孩子。绫子慌了。她觉得被人耍了，像要拦住二人似的让他们在玄关口坐下来。她正要说话，年轻人先开了口：

"这位是我老婆……不过是今天才结的婚。"

"今天？"

"打扰了。"姑娘害羞地鞠一躬，小声说，"婚礼还没办呢，只是打了申请给市政所。"姑娘没给人丝毫轻浮的感觉，但肯定算不上美貌。

年轻人随即拉起姑娘的手，径直上了二楼，留下目瞪口呆的绫子。自己家被陌生男女当作情人旅馆，这让绫子一肚子闷气。她想叫他们走，却没有那种追上二楼去断然逐客的气势。唯一宽心的，是二人落落大方。绫子无奈关了门，给大门也上了锁，返回自己的房间。浴池已放好热水，但无心入浴。不时竖耳倾听二楼的动静，但结实的房子完全隔音。邻居董事长家映过来苍白的光，看来水银灯开了，绫子家院子里的樱花突显出来。

过了十点，绫子压下复杂的心情，洗了澡。不上班，外出也少了，绫子几乎不再化妆，附近的太太朋友取笑说她因此反而更显年轻了。但脸上有了多余的肉，她感觉那是到了某个年龄的一种风情。突然，她想起裕三老想一起入浴的事。绫子一拒绝，裕三就不高兴。于是绫子勉勉强强随他进入池子，蜷缩在裕三手臂里不动。在男人跟前舒展赤裸的身体，她怎么也做不来。

擦拭身体时，一种不妙的预感突然掠过脑海。"情死"一词突然冒了出来。她担心起来：这对男女是否为了某个原因，要做出不可挽回的事情呢？绫子慌忙穿上衣服，到楼梯口去窥探二楼的情况。听不见说话声和其他动静。看样子二人不会变脸为窃贼或抢劫犯，但好像要发生什么大事情。二楼的走廊和房间都灭了灯。此刻确实有一对陌生的年轻男女在漆黑的楼上。

绫子甚至想到了报警。但一想到若是自己的不安只是杞人忧天，就太难堪了，于是又迟疑起来。她返回自己房间，不由自主地铺了床。她往睡衣外面套了开衫，静静地端坐在被子上。过了十一点时，她终于下了决心，走上二楼，心怦怦跳。她轻轻走近八叠间，想要打招呼，这时微微听见二人像是躺着说话的声音。绫子在漆黑的走廊止步，侧耳细听。

　　"可不许睡着啊。"

　　"嗯。"

　　传出移动的动静，年轻人的声音移到了窗边。

　　"过来这里。"

　　"不、不行……害羞嘛。"

　　"漆黑一片，看不见的啦。"

　　"我穿上衣服过去。"

　　"今天不冷，不穿也行。"

　　"不是冷不冷的问题啦。"

　　女子的声音也移到了窗边。绫子明白是自己过虑了，身上的力气仿佛一下子泄掉了。

　　"远眺大海，盛开的樱花环绕，住一个晚上，且预算只有五千日元——为了满足你这样的愿望，真是绞尽脑汁啦。"

女子含混的笑声，直传入绫子心中。

"美丽的夜樱。"

"真的……太美了。"

"神户的夜景看得也很清楚。"

说话声中断了，女子轻声笑着。看样子二人藏身窗边，正在欣赏着院子灯光下的夜樱。

"我觉得，女人想幸福，绝对要嫁富翁。"

"我也这么想。"

"怎么像是在说别人的事呢……我们好歹也要住上这样的房子呀。"

"嗯。"

"好敷衍的感觉哦。"

绫子又悄悄下了楼梯。

关了自己房间的灯，打开外廊的玻璃门。温暖的夜。明天也许下雨，绫子心想。她坐在外廊，久久地眺望着盛开的樱花——别说下雨，一点点风也会吹落的、盛开的樱花。从没有如此端然注视过。仿佛一团巨大的浅桃色棉花，由青光镶边，飘浮在空中。也仿佛一个妖艳的生命，簌簌纷纷地散落着、减少着。绫子决定，这个奇特的不眠之夜，就陪伴着樱花度过。

看不见星星和月亮，庭石和陶椅也都不见踪影。心头只有夜樱不断飘落，沉醉在花雨拂面的心境中。二楼的人一定已经离开窗边，重新钻进被窝了吧。仿佛连二人的体味也闻得着。绫子就这样久久沉浸于夜樱之中。思绪纷涌，忽然灵光一闪。啊啊，就是这个嘛，绫子想道。究竟什么是"这个"，绫子却又说不准。她觉得，此时此刻，她可以成为任何一种女人。从今天飘逝的花中，她看见能成为任何一种女人的诀窍一闪而过，但当她把目光从夜樱移开时，那种朦胧的动静随即消失得无影无踪。

蝙　蝠

兰多去世已有五个年头，这事是松冈告诉我的——我们在拥挤的大阪车站偶然碰见了。

晚秋的一个周日，我从阪急电车的月台过天桥，穿过不见天日、充斥着饭菜味儿的饮食街，进入混杂着空调热气和人体热气的国铁车站，这时，我跟一个面熟的男子错身而过，对方也讶异地止步，面露微妙的表情，然后又要迈步走自己的路。我在抬步的同时回头看，他也一样，于是彼此明白是认识的人了。

"你，不是耕作吗？"

那男子小跑着返回来，问道。被喊作"耕作"，是我读高中的时候，且仅在特定的小圈子里，所以当时我终于想起了这人的名字。

"你胖多啦，所以认不出来了……十年没见了吧？"

我这么一说，松冈扳着指头算了算，回应说有十三年了。我既没有特别产生怀旧之情，又因为和洋子约好的时间已迟到许多，便有心无心地说些"你现在干什么呀"、"这是要去哪里呀"之类的话。松冈用舌头舔过香烟的滤嘴，慢慢点上。他在上高中的时候嘴角就有的寒酸相，至今仍原封不动地留在吸烟的唇部动静上。

"我做房屋中介，正要带一位先生去一下仁川那边。"

"仁川……赛马吗？"

松冈没回答我的问题，突然想起什么似的说道：

"兰多，死了。"

"他死了？"

"死了都五年了。"

我正要接着说什么，松冈露出大龅牙，笑着说："你还是老样子嘛。"然后大声道了句"再见"，点点头，大步离去了。他还是匆匆忙忙的。

听说兰多死了，我好一会儿怔怔地目送松冈离去的背影。我想知道兰多是怎么死的，但也没想要追上去问个明白。兰多的浓眉和鹰钩鼻，从我心底里慢慢浮现，让我哀伤起来。走在地下街早高峰般的人流中，我心想，兰多不会是遭遇交通事故或者被人干掉的，他肯定是病死的。高中退学之后，他直接加入了黑社会。他强壮的身躯和面庞总带着一个朦胧影子，我开始琢磨起这个影子来，这也是松冈分手时说的那句"你还是老样子嘛"的余味所带来的。

洋子说想去京都。我知道她喜欢一乘寺附近那处诗仙堂的庭园；但那里总有许多观光客，我兴致不高。不过，洋子提出想去京都，也是在暗示她会主动，所以，我们再次返回阪急电车的终点站。洋子嘟哝着"去京都"时，眼白的部分总带点蓝色。

前往河原町的特快很拥挤。我们站在车门处，隔着玻璃沐浴着秋日的和煦阳光。洋子注视窗外，眯着眼，好像光线很晃眼似的。润泽透亮的口红周围，透明的汗毛带着光辉。比平时浓的化妆气味中，也有洋子的体味。

"整整两年过去啦。"

洋子责备似的嘀咕道，伸出食指把我下巴上粘的脏东西弄掉。

"对……正好两年了。"

我已有妻有子，二十九岁的洋子仍单身。她有过恋人，父母也几番介绍对象，但最终都没有结果。

"我老妈很头疼，但老爸倒挺开心，似乎事情在按照他的意思发展。他说，既然这样，就怨不得人啦。找个人来收为养子，让他继承家业，这样正合老爸心思哩。"

"要说能继承你爸家业的养子，还非得是个相当靠谱的手艺人呢。"

洋子家祖传七代经营昆布①店。洋子有一个小她三岁的妹妹，嫁给在商社工作的人，如今住在美国。对于我的话，洋子只是报以暧昧的微笑。她是个话不多、但很干脆地以表情表达自己意思的女子，所以，我有点在意洋子今天的暧昧。

抵达京都，原本那么晴朗的天空，变得晦暗起来。上了出租车，我说了我俩来京都常住的旅馆的名字，洋子瞥我一眼，便把视线移向另一侧车窗外的景色。

"诗仙堂，日暮时分去吧。"

我说道，眼前已满是洋子的裸体。出租车穿过大马路之前，她的裸体一直热辣辣地闪现，但开过知恩院就消退了。洋子仿佛看穿了我的变化，磨着说想先去诗仙堂，然

---

① 昆布：海带。

后让司机改变目的地。

"今天是星期天，挤满人了，没有欣赏庭园的气氛。"

眼看好事要推后，我眼前又浮现出洋子柔软的裸体。
当我再次改变目的地时，司机别有意味地确认道："先去象
屋旅馆，对吧？"

"对，请先去旅馆。"

我看着洋子，故意若无其事地说道——洋子就是希望
我这样。

兰多本名叫山田栏堂①。这个名字很少见，班里同学
都"兰多、兰多"地喊他。他打架很厉害，操行有问题，老
让老师们盯上。上高中一年级时，他跟外校的坏孩子打群
架，被长期停学。到了高二，他又无故不上学，整天泡在
欢乐街，就被警察抓去教育了。虽然他总是违反校规，奇
怪的是，班上的同学却很喜欢他。他既没有那种学生常见
的粗蛮劲儿，也不欺负弱小。因为我们高中是全男生的私
立学校，男生们不断有小摩擦，但跟兰多相关的，却都是

① 在日语里，"栏堂"的发音与汉语"兰多"近似。

让使坏的家伙们害怕的血腥事件。他总要用石头呀小刀呀，把对方身体弄出血来。而且也拿捏得当，不会是大伤，点到为止。一见血，小流氓就都畏怯了，在一脸酷相、少年老成的兰多跟前服服帖帖的。

不知为何，兰多似乎对我有好感。我是成绩、操行都很一般的学生，所以跟兰多的小圈子没有交集可言。但是，一遇上兰多——无论是在上学的电车上，还是在操场一角，或者是教学楼走廊的拐角，他就抛一片口香糖过来，或者亲热地笑着喊"耕作、耕作"。班上其他人都喊我本名"耕助"，只有兰多的圈子喊我"耕作"。对于兰多的这种态度，我没有任何不快。我也没怎么跟他说过话，他为何对我那么亲热呢? 结合平日里兰多的言行，我觉得实在是不可思议。但即便如此，我也从没有相应地对他表示过亲热。从他冷冷的眼神中，我感到一种并不强烈的、奇特的空虚感，这让我明白自己跟他完全是两个世界的人。

暑假结束后不久的一个炎热的星期六，上午的课上完了，我和伙伴们走去国电的车站，一边嬉闹着一边等车。这时，从聚在月台一角的学生中，兰多独自一人走出来，向我招手。

"今天陪我行吗?"

"陪你去哪里?"

"你没别的事吧?"

"嗯，没要紧的事。"

兰多离开自己的伙伴和我的伙伴，走到月台的尽头，然后从月票夹里取出一张照片，说："可爱吧?"

一个跟我们同龄的姑娘坐在小艇上，笑着。她的短发剪得很好看。虽然是一张不甚分明的黑白照片，但五官照得很清晰。所以我觉得，真人的面貌一定更艳丽。

"嗯，很可爱的一个女孩子。"

我答道。我从兰多手上接过照片，看了好一会儿。我很羡慕兰多，自己一个女性朋友也没有。

"她是谁?"

兰多一脸认真，小心翼翼地将照片收入月票夹，说道："我今天想去见这女孩，一起去吧。"

"去哪里见?"

"鹤町。在鹤町三街。"

我根本不知道鹤町这地方在哪里，兰多也只知道是在大阪市内某个地方。

电车进站，我们远远离开各自的伙伴，上了最前面的车厢。

"我要找她，我想见她。去了鹤町三街的话，总能够找到吧……耕作，带钱了吗？"

"就带了一点点。"

我从兜里掏出爸爸给的零花钱。

"我身无分文，借我吧。"

到现在我也不明白自己当时的心情。我为何想跟兰多一起去找那条从没去过的街，是出于对兰多莫名的好感，还是对照片上的美丽姑娘产生了兴趣？但也许不单是那些，还有十七岁的我在呛人的残暑中产生的不期然的冲动吧。总之，我和兰多一起去了大阪车站。

那时候，大阪站前的巴士总站有一个问讯处，在一间小小的水泥房子里。卖联票的老人满脸皱纹，头戴一顶大草帽，在等待巴士的人群旁转悠。我们就在那个问讯处询问怎么去鹤町。

"鹤町的话，在大正区嘛，靠近大阪港口……"

问讯处的工作人员摊开大张的市区地图，思考起来。兰多把书包放在沥青路上，向问讯处柜台探出身子，窥看地图。

"搭五十三路巴士……在大运桥下车，然后换乘市营电车。我觉得这是最近的走法啦。"

"要多长时间？"

"大概——得花一个小时吧。"

我住在大淀区，是土生土长的大阪人了，却从没听说过什么大运桥。

"是在大阪港附近吗？……嘿，那家伙住在那种地方啊。"

兰多家在尼崎，他比我更不了解大阪。

在烤人的暑热中，我们等待着五十三路巴士。巴士一直不来，我和兰多都摘下学生帽塞进书包里，敞开白衬衣的胸口擦汗。兰多一本正经地站在我旁边，我很纳闷：他既然不想说话，为何约上我呢？

"你为什么不跟他们一起去呢？"

我说了几个同班同学的名字，平时他们都围着他，是他的追随者。兰多盯着地面，像是在思索。他的鹰钩鼻顶端反射着炽热的阳光，闪出油腻腻的光——这一小段记忆，鲜明得叫人难受。

"那些家伙不顶事啊。"

"我更不顶事吧？"

于是，兰多又看着我，浮现笑容。他的头没动，只是把眼睛转过来注视着我，说道："你还行。去陌生的街区找女孩子的家正合适。"

虽然我不明白自己哪里还行、怎么个正合适法，但我望着站前百货大楼的屋顶"噢"了一声，做出没有实质意义的回应。我正跟兰多要求再看一次照片时，巴士终于来了。车上满员，但从江户堀过川口町时，就空荡荡了。我坐在座位上，望着车窗外的街市。父母小时候仿佛曾带我来过，但也许是错觉。巴士剧烈摇晃着停站，叫本田町、境川什么的，然后就过大阪西端南下。我感觉被拉到脏兮兮的城外去了，渐渐想要回家，但又想，只能陪兰多到底了，因为心中隐约产生一种不好的预感。

大运桥是巴士的终点站，从大阪站坐到这里来的人，只有我们两个。周围虽然工厂林立，却静得瘆人。下了巴士就要继续往南走，却被一间巨大的工厂挡住了路。左边是一片临时棚屋，镀锌铁皮屋顶晃眼地反射着阳光。兰多想绕过空地，刚迈步就停下了：地上丢着死狗。而且不是一条。好几条死狗扔在那里，肚破肠出，其中还有没头的。恶臭之中，大群绿头苍蝇飞来飞去，笼罩了无风的空地一角。

兰多和我面面相觑，倒退几步。我们不明白怎么会有这么多死狗。整个片区笼罩在一片诡异的寂静中。

我一看，兰多的衬衣被大汗湿透了。我一再用手掌抹去脖子和额头上的汗水，但不论怎么抹，还是大汗淋漓。是冷汗。我们向工人打扮的过路人问路，那人无言地指向前方。我们走过大运桥，穿过工厂街，又往前走了一会儿，看到有市营电车的车站，标示着"鹤町一街"，但从那里再往前就到头了，路自然地向西折。有一家大型水泥厂，断断续续传来吊车的巨大声响。可是，这巨响越发突显了周围深不可测的那股子寂静，我和兰多都停下了脚步。

"那姑娘会住在这种地方？兰多，你不会听错地址了吧？"

"不会，错不了。是鹤町三街。这里是一街，往下就是二街、三街啦。"

"让人毛骨悚然的地方啊。"

"真的，跟鬼城似的。"

"见了那姑娘，然后做什么呢？"

兰多脸上掠过一丝迟疑。他看了我好一会儿，然后说："我想做那个。"

"那个是什么？"

"那个，就是那回事嘛。"

我呆呆地看着兰多。

"我完事之后，你也上。"

兰多又走起来，但我没有马上跟上去。照片上颇具魅力的姑娘有点假小子的味道，所以我一下子没明白兰多的意思。不过，我慢慢明白了"那个"的意思，走在前面的兰多那结实的背影，透出某些可怕的东西。我默默地跟在他后面走。左侧开始出现一大排两层的住宅，是大杂院似的木建筑。看来从那里起就是鹤町二街了。再走就是夹着市营电车轨道的两排同样的木建筑住宅。不知不觉中，工厂没有了，周围尽是民居，但更加寂静。在阳光的照射下，一切都悄然无声。

"肚子饿啦。"

兰多回头说道。我们没吃午饭。

"兰多，你要做那个，是硬来吗？"

"傻瓜，我怎么会那样。只要就我们两个人待着，就能让她愿意。看我的吧。"

"我可不干那事。你自己干就好了……我，要回家了。"

兰多绷着脸，想了好一会儿，然后走回来，对我安抚似的小声说："好吧，既然这样，我尽快完事，你还是陪到底吧。"

我吃惊地看着兰多苍白的脸。他的脸刚才还血色很好，此时血气消退，仿佛连眼睛也向上挑了。浓眉下的眼球甚至也变得浑浊朦胧起来。这下子我明白了：兰多是真心实意为这事跑来这个陌生地方的。

我们一边走向鹤町三街，一边找饭馆。类似饭馆的店一间也没有。有几个小孩在电车道上玩耍，但不见大人的身影。远处传来吊车的呻吟声，不时响起砸东西的巨大金属声，但声音被一大片密集的二层房子的底部悄然吸纳，没有丝毫回音。在没有人居气息、没有杂乱无章，只有房子、道路、电线杆和市营电车铁轨乱七八糟堆在一起的寂静的街区一角，我和兰多汗流浃背地走着，徘徊在遥远边境街上的不安笼罩着我。

应该还不到时间，却有一个男人已在狭窄的空地上摆开了拉面摊档。兰多给了他姑娘的名字，问她的家在哪里。男子一脸疑惑地打量着我们，然后缓缓说出姑娘家的位置。意外地轻易知道了住址，兰多就催我赶快吃拉面。

男子把摊档移到门口摆满花盆、开始倾斜的房子前，在一小块背阴处放了张长凳。

"刚刚进的货。咱这拉面可好吃了。"

之后他说，自己的地盘不是这一带，是恩加岛周边，得赶快吃。他不时以戒备的目光巡视周围，看来他在自己地盘之外做生意，很顾忌同行。

"这边是什么？"我指着民居密集的一边问道。

"大海嘛。"男子冷淡地答道。

"嗬，是海啊。"

"噢——堤坝外头就是海。是一片满是油污的脏海，去年开始填埋。看来要建新的港口。"

热拉面吃得我们汗淋淋。我们绕过拉面摊主说的空地，按门牌一户一户找。前方是又高又长的混凝土堤坝。姑娘的家在靠近堤坝的一排房子的一角，屋瓦有好几片已经剥落，整个给人压瘪了似的感觉。总之，一贫如洗。二层晾晒的衣物中，摇晃着几件花哨的女人内衣。到如今，我一看到乡间温泉区孤零零一间脱衣舞场闪烁的霓虹灯，就会历历在目地回想起当时这些衣物的颜色。

兰多招手把我叫到空地一角的电线杆旁，把自己的书包递给我。然后，他打开了姑娘家的大门。没多久，姑娘出来了。确实是照片上的人，但真人看起来更动人。我一阵慌乱，偷偷看了一眼姑娘略带不解的表情。

兰多脸上不见笑容，一个劲地跟姑娘说话。谈话中间，两个人一起往我这边瞄过几眼。后来，兰多和姑娘一起向我所在的地方走来。"兰多"把我介绍给姑娘，姑娘笑着小声说"你好"。她即使笑着，脸上也略带胆怯和羞涩。

"你在这儿等我们一下。"

说完，兰多跟姑娘一起走向堤坝。他们登上铁梯子，消失在那头。站在堤坝上时，姑娘的裙子被风卷起，她顾忌着我的目光，赶紧双手按住，那神态、那动作，永远留在我心上。我靠在电线杆上，等着二人回来。过去了相当长时间，日头不知不觉已西斜，房屋的影子开始使空地暗下来，但兰多和姑娘还没有回来。我把自己的书包放在地上，抱膝坐在上面。打开兰多的书包，包底有一把自制的匕首，是狭长的铁板经机磨后，再在磨刀石上打磨好几天做成的。刀柄上卷了好几层白布，无刀鞘，光身。在吹过空地的热风底下，刀刃闪烁着沉实的寒光，给人感觉不像是自制的。打桩的金属撞击声从海上传来，不见人影的房屋处处飘来晚饭的香味。我很无聊，好几次站起来走近堤坝，但不知为何，却没心情去窥看二人的情况。当晚霞铁锈般的颜色涂满家家户户的屋顶、墙壁，天迅速黑了下来，二人还是没有回来。我用兰多的匕首去削电线杆，发现它很锋利。等我在这锋利带来的快感中疯狂地削起电线杆来时，兰多突然出现在我跟前，他的脸像冻僵了似的，面色苍白，汗水淋漓。

"不好意思啦……再等我一下吧。哎，不要紧吧？"

"嗯。"

我不满地点了点头，他又小跑着回到堤坝，猛地跃过去，消失在另一头。他的表情像个死人，但我看得出，他的身体举动上掩藏着压抑不住的欢愉。

我不削电线杆了，转而望向堤坝上方空旷、污暗的天空。大约是二人藏身之处的上空，飞舞着数目惊人的蝙蝠。我一时栗然，久久地注视着蝙蝠。那是这种说不准是鸟是兽、眼目迟钝黯然的生物的丑恶舞蹈，是无数带着汗水和虚无的、欲望的飞沫，是那些被怪异热情控制了的灵魂发出的无节制的吵嚷声。

我用兰多的自制匕首割烂了他的书包。割了又割，然后把手上的匕首扔向堤坝。我冲过空地，跑向大运桥，搭巴士去大阪车站，从那里走回家。

自那天以后，兰多就再也没在学校露面。传说他被校方勒令退学，也有说是他自己退学的，哪种属实，我也不知道。自那以后，我一次也没见过兰多。听说兰多后来加入了黑社会，但从那以后一直到他死，我不知道他是怎么过来的。

洋子今天打扮起来慢吞吞的，所以，我甚至以为她想再慢一点。隔窗可见山麓背阴的藏青色。旅馆藏身于小径深处，车声人声仿佛来自遥远的地方。

洋子侧坐着，剥着青柑。我头枕她的膝部躺着，伸手探进裙子里头。洋子由着我，等我隔着内裤摸到时，才不耐烦地按住我的手。

"以前，有个朋友叫兰多。"

我说道。当我说到今天在车站得知他的死讯时，门外响起轻微的嘈杂声。是旅馆中庭的落叶树在风中摇动。而在京都稍微偏僻一点的地方，常能听见与之相似而又不明因由的嘈杂声。那些声音，或是风，或是树叶摇动，或是有人踩踏落叶。有时谁都没睡，却从房间某处传来鼻息似的声音。洋子回复平静之后，这一点就更加明显了。

"得什么病死的？"

心头掠过兰多翻过堤坝、返回我身边的身影。暗铁锈色的天空和无数的蝙蝠蠕动在我心底。在跟我打招呼那一瞬间里姑娘含羞带怯的表情，跟磨着我说想去京都的、洋子的神情，有共通之处。

"还是离不开我吧？"

对我傲慢的说法，洋子坦率地点点头：

"对，我熬不住了。"

我跟洋子出了旅馆，走在前往诗仙堂的路上，夕阳迟迟不落。参观时间只剩下十分钟了。洋子沿着白色土墙，走到诗仙堂门前。看来她这回是非要看到里面那处独特的小巧庭园不可。我对洋子的执著感到奇怪，告诉她我在前门等她。

　　早已过了参观时间，洋子还是没从诗仙堂出来。我觉得奇怪，朝薄暮中突显出来的土墙那边张望。落叶在暮色中狂舞。看来风正在诗仙堂院子里盘旋，多少片树叶忽上忽下、忽左忽右地飞舞，就是不落地。我久久地看着黑乎乎的叶子来来去去。在晚秋的暮色中交错飞舞的落叶，就是十多年前的蝙蝠。我原本平静无波的身体里，响起了吊车的声音，蝙蝠们喷涌而出，令人眼花缭乱，纤弱而又纠缠不清。

卧铺车厢

"银河"上几乎没有乘客，我把塞满文件、小册子、换洗衣物的提包往自己的座位一放，回到半夜里寒气刺骨的月台上。

另一侧月台上，也停着一趟同样的卧铺车，看样子也是要远行的。一个略胖的女人两手拎着行李，正跑过来要上车。已经是晚上十一点了，巨大的车站却全无沉寂的迹象，声音、气味、人影在寒风裹挟下闪烁、回荡。通往检票口的楼梯处，一名男子瘫坐地上，烂醉如泥；三个走上楼梯来的幼童牵着手跑过他身旁。一个背婴儿的女人像是他们的母亲，她一边斥骂乱闯的兄妹仨，一边提心吊胆地走过醉鬼身边。只卖车站盒饭的小卖店姑娘的白色工作服，在晦暗的月台一角呈灰色。光线不足反而使这些光景更加鲜明；我买了两册周刊杂志和一瓶袖珍威士忌，仍旧怔怔地望着越来越晦暗、嘈杂的周围。

跟客户见面是在明天早上十点。本来搭早上第一班新干线能赶得上，但我有点低血压，早起颇为不易。于是计划今天先到东京，在市内住一晚，但我们公司内部协商很拖拉，最终没能搭上最后一班新干线。上一回搭卧铺车，已经是十多年前的事了，那还是读高中的时候，是去九州修学旅行。因为去东京出差通常是搭乘新干线，所以我一下子都想不起花一个晚上跑完东海道的卧铺车的存在了。会议结束时，一个同事要拐进常去的小酒店了，才半开玩笑地顺口告诉我有开往东京的"银河"这回事。从工作日程上看，搭"银河"夜班车最合适，而且我也想试着回味下久违了的旅途感觉——在这样的小小冲动之下，我匆匆回家，草草做个出差准备就出门了。

发车铃响了，我和一群冲上月台的学生一起上了车。我的车厢在列车的一头，与热闹的年轻人分开。我拉上深绿色的窗帘，用衣架挂起西服，趴在铺位上好一会儿没动。三层卧铺的上铺中铺都空着，旁边的卧铺也上中下都没人。在这空空的车厢里，我获得了一个尤其宁静的角落。

列车缓缓行驶。我搭惯了新干线，夜行列车缓缓的响动和隐约的人声，越发突显了独特的寂静，让我变得多愁善感起来，连车过淀川铁桥的轰隆声也觉得舒心。

车内广播响起，播报预计到站时间。深夜里，列车要停靠丰桥、滨松、静冈、富士、沼津等站，在早上九点三十六分抵达东京。客户的公司就在东京站旁边，从八重洲出口步行五六分钟即可，所以赶十点钟的会议足够。

这份合同是花了很长时间才争取下来的。我们公司生产压路机等工程机械，产品直销原由大商社一手包办，但在大约五年前，在利润分成等几个方面产生了纠纷，发展到不得不将委托代理商更改为中型商社。当然，较之于大商社，中型商社的销售能力和推销影响力都相应地变差，所以购买我们产品的建筑公司，也变成了二三流企业。公司头头有了危机感，推动公司内建立直销体制，也就是说，一直以来只是个机械工匠的我，因此被划入进公司八年以来从没碰过的销售部门。我一直以为，自己是一个适合面对图纸摆弄数字和线条的人。

公司从某商社挖来个名声很大的销售干才，姓甲谷，分配做我的顶头上司；但我总觉得，他只是头脑机灵、善于处世而已，是背靠大树才能有所发挥的类型。我一边为跟他无休止的争论与销售额停滞不前而烦恼，一边一门心思为推销机械而努力。这些产品，是我和伙伴们多年来持续改进、降低成本制造出来的优秀工程机械，我对自家的产品有信心。

在业界萎靡不振的背景下，仍有建筑公司通过独特的工艺和经营方针使销售额得以增长，发展到在东京证券二部上市的地步。既然现状是现有的大公司与商社关系根深蒂固，光凭产品性能优秀打不进去，我就打算尽全力争取攻克新冒起的Ｓ建筑公司。由于没有可靠的关系牵线搭桥，必须从摸上门递名片和简介小册子开始。真是该经历的都经历了。我一再地上门拜访，不知不觉中和相关的人打开了关系，积累了对我个人的信任，才终于达到了可以正式商谈的状态，这是两年前的情况。找到了切入口，之后的手腕，甲谷就比我出色多了。接待时的话题、之后略带强行意味的推销、事前的台底交易，他都不屈不挠地显示出一种大气魄，是我这样的人怎么也学不来的。不知不觉中，甲谷在Ｓ建筑公司扎下了根。当甲谷开始发挥其推销手腕时，我作为技术人员的专业知识，便成为巧妙的辅助力量。我们留同存异，保持默契，成了好搭档，共同为拿下Ｓ建筑公司而奔走。两天前，Ｓ建筑公司将一揽子购买大型压路机计划中的厂家内定为我公司。虽然仍留有若干课题，诸如最终的优惠、支付方法等，但我们毫无疑问已经击败众多竞争对手，赢得了胜利。明天早上，我就要出席跟Ｓ公司的商谈，敲定最后的课题。公司内部的碰头会结束后，甲谷为了给我从财务处提取差旅费的支款单盖章，急匆匆挪动矮胖身躯的同时，以不经意的口吻这样说道：

"可以说，我和你，都是个半吊子。我的本事，还有你的本事，这两种本事都有的人，世上有的是吧。"

他说着自嘲似的笑笑，走进会计部。其他员工都已走了，只有部长坐在里面的保险箱旁边。

"我明天去打高尔夫。"

甲谷装作若无其事地嘟哝一声，把装着钱的信封递给我。当我回视他的眼睛——那肥厚的油亮皮肤包裹着的、在某些人看来是噙着泪水的瞳仁时，汹涌的空虚感突然袭来。我从没体味过比这更大的充实感，也从没感受过比这更大的空虚感。在我匆匆收拾行装，独自赶往大阪站时，这两样相反的东西，在我的心头沉沉地蔓延开来。明明成就了自己几乎力不能及的大事，却被无奈的落寞所笼罩，与此同时，心底里还是潜藏着亲自去完成大结局的、无法抑制的兴奋。

我解下领带，仰躺着，在狭小的卧铺上尽情伸展开身子。列车带着驶过几个道岔的震动，进入京都站。虽然乘客还是少，但我对面铺来了一个打扮整齐的老人，硬硬的银发分得妥帖，深褐色西服穿着得体，看样子年近八旬了。我没拉床帘，就那么躺着，看着老人在自己铺位坐下，想要歇一会儿似的定定地望着窗外。老人看也没看眼前躺着的我，只把两只手放在膝上，盯着窗外。我轻轻拉上床帘，眯了一会儿。眼睑内有些红红的东西飞散、闪烁，一出现这情况，我就知道肯定又是一个脑子清醒的不眠之夜。

我拿起袖珍的威士忌酒瓶，走到过道上。老人还是刚才的姿势，定定地凝视夜景。就着车厢内朦胧的灯光，也能明白看出，他肤白、绷紧的脸上，端正的鼻梁突起，年轻时应是个眉清目秀的美男子。更显眼的是他的一身衣着，还有手表和鞋子，显示出充分的经济实力。但是，尽管有那么一副派头，老人的眼神却显得空洞而哀怨。不知为何，他空洞的眼神牵动了我的心。因为我忽起一念：甲谷递给我差旅费时的眼神，和我接过差旅费那一瞬间的眼神，肯定闪现了一种莫名的、悲哀的情绪。

我走到看不见老人处，靠着走道上的扶手，往酒瓶附带的小塑料杯里倒了威士忌。车身一阵有规律的摇动，杯子里的液体晃溢出来。再从瓶子往杯子倒时，威士忌更是溢出，无奈只好直接嘴对瓶口仰头喝。列车似乎已经进入滋贺县。自己的脸和车内光景清晰地映照在玻璃窗上。凝神定睛才好不容易看见的小小亮点，在车窗外的漆黑深处一闪而过。列车中段的学生们正围拢一处打扑克吧，不时爆发努力压低的欢笑声。也有轻轻的鼻息声传来。

威士忌已渗透胃壁，却没对身体发生作用。最终，我把袖珍酒瓶喝空了。胸口在灼烧，嘴巴、咽喉火辣中带酸。我走到洗手处喝了水，在车厢连接处吹一吹凉风。

返回自己铺位，看到老人铺位的帘子拉上了，静悄悄的，看来是躺下了。我脱下衬衣裤子，躺下来，盖上毛毯。车厢里的暖气厉害了点，后背和脖子微微渗出了汗。

我回想起甲谷五年前的样子。他放弃了全日本数一数二的商社的科长职位，加入我公司，担任新设的销售促进部的部长。他黑道般的言行之下，掩藏着一丝小心翼翼，我一眼就看出来了。我看出他性格上无奈的缺陷：他对下属趾高气扬、虚张声势，却还是不得不放弃在一流商社出人头地的梦想；他的招数本来只适合在大舞台发挥，品位和趣味却与那种场合不相称。回顾攻克S公司的几个难关时，肯定就会想起那些辉煌却又极其沉静的情景。那是甲谷亲自出马，参与之前由我一人负责的、对S公司的谈判的时候。

傍晚，我外出归来，一进入公司最后面的销售促进部，就看见甲谷远离自己窗边的座位，坐在一个女员工桌上，呆呆地看着房间的一个角落。房间里就他一个人，夏末西斜的强烈日光，照进杂乱的办公室，落在他宽厚的肩膀和后背上。虽然开了空调，但不知为何，挡太阳的百叶窗却完全打开，空调不起作用。我朝窗边走去，想放下百叶窗。我特地弄出大大的脚步声，甲谷却没察觉我进来了。他一动不动，视线就定在房间的那个角落。我欲言又止。狭窄的办公室里充满热气，空调风吹起滚滚尘埃，都围绕着甲谷一个人，静悄悄的。过了一会儿，甲谷好像猛然察觉有动静，缓缓回头望过来。他看见我，若无其事地走回自己座位，默默放下百叶窗，然后朝我说话，口气比平时还大。

"打算何时做喝茶的朋友？"

我问他是什么意思，他说：

"我说跟Ｓ公司的人嘛。打交道到这地步，后面得用不同的招数啦。这可得处心积虑了。"

"哦。"

"哦就行了？正所谓机不可失，错过了，后面怎么着都没有用了。"

甲谷用红笔在我制作的销售战略书上一一批改，直截了当地发出指示。这些指点带着他的恶劣和敏锐，我有很强的抵触感。我感觉若照甲谷的指示进行，我迄今的奋斗最终也将变成他的功劳。

"明白吗？这回的事情绝对能成。绝对的！"

就在甲谷强调"绝对的"的瞬间，他往后梳的一缕头发跑到了额前，散乱开来。此时，他刚才的模样，在我心中变成鲜明的映像，复苏了。

过了一会儿，我试探性地问他：

"刚才您在考虑什么？"

甲谷只是瞥我一眼，挺不耐烦地收拾起桌面来。

"是跟Ｓ公司的事情吗？"

"不，什么也没想。"

然后，甲谷出人意料地向我露出开朗的笑脸。那是我从没见过的、被抓住了毛病的孩子似的天真笑脸。我不禁也回以同样的笑容，说道：

"好像……有点奇怪嘛。"

甲谷听了，眼角流露出特别的寂寞神色，肩膀端得比平时更高，匆匆出门而去。杂乱的文件、说明书等各种资料堆积如山，山后面是甲谷耷拉着脑袋的小小背影，肩头和后背承受着西斜的强烈阳光——他的这一形象在我心中挥之不去。仔细想想，我们只是工作上有来往，我对甲谷的家庭，对他这个人，可谓一无所知。这念头总是甩不掉。对甲谷一无所知这一点，到后来，总在最后关头压下我对他的怒气和不满。

列车不时响起猛烈的轰隆声，我躺着也被晃动。每次我都睁开眼睛，翻过身，换一下卧姿。车厢内的暖气越发热了，与断断续续的横向剧烈晃动叠加在一起，让人觉得没法睡。看来是正通过道口多的地段，汽笛声一再靠近又远去。有人走过过道的脚步声很碍耳，我打开帘子，坐起来抽烟。这时，我听见了哭泣声。

千真万确是哭泣声。是拉上了帘子的对面铺位的老人在哭。我吃了一惊，留心倾听。老人压抑着的哭声混杂在列车的震动和隐约传来的人声中，一直在持续。低沉、长长的哭泣声，是那般痛切，令人感觉到无法忍受的悲哀。

列车停了。我拨开枕边的帘子看站名。是丰桥。看表，刚过三点半。看来半夜三更还是有人上车，两三个人走过过道的脚步声响起，列车随即开动。至少得睡一下才行。我再次仰面躺在铺位上，把毯子盖严，闭上眼睛，却无法不去留意旁边的老人。想睡之余，总有那么一点心思在活动，我想要了解老人的情况。于是，脑袋就越发清醒起来了。

以为就此中断的哭泣声，过了一会儿又从帘子那边传出来。老人一个劲地哭，我不宜动问，就那么听着。

二十多年前，我还是小学三年级学生的时候，住在大阪中之岛西端的舟津桥。家正好就在土佐堀川流经之处，

104

后窗下面直接就是很深的河流。我跟班上的胜德君是好朋友，住得也近，经常来往玩耍。夏季里的一天，近正午时，胜德君来我家，邀我一起拼装他爷爷给买的船模。胜德君没有父母，是死了呢，还是别的情况，我们谁都不知道原因。他爷爷把胜德君当儿子一样抚养。

我们进了当杂物房用的、铺榻榻米的房间，从工具箱里找出锥子、铁丝、小刀等，着手组装船模。胜德君的爷爷是开业医生，在离我家步行两三分钟的地方开一家内科医院。胜德君等于是富裕家庭的独生子，他想要的东西估计都会给他买，所以他总有昂贵玩具拿出手，那是我怎么求父母都别指望的，让我羡慕不已。

我们玩耍的杂物房正对着河，板壁的一角有对开折叠门，我忘记那门是干什么用的了。因门外就是河，为防止意外发生，门的把手用铁丝捆在一起。然而，就是那天，铁丝解开了。事后才知道，是爸爸为了换换空气打开了门，关上后忘了再捆上铁丝。但是，当时我们不知道这个情况。胜德君跟平时一样往对开折叠门一靠，就那样掉进河里去了。我往河里窥探，寻找突然消失在门外的胜德君，看见他仰面浮在土佐堀川的水面上。他像一个玩偶，身子一动不动地漂浮着，就那样看着我。我大声喊妈妈，接着望向河面。不巧，没有小汽艇开过，但有一个系红色兜裆布的陌生男人驾着小船。

"大叔，救命啊！有人掉进河里啦！"

我指着下面的河面哭喊道。那男人听见喊声，露出讶异的神色，望向我所指的地方，终于看清了漂浮在水面的孩子。他慌忙掉转船头，灵巧地摇着橹，靠近胜德君。冲过来的母亲从窗口探出头，脸色煞白地望着胜德君，然后叫喊起来：

"不要动啊！就那样别动！"

我感觉小船靠近到胜德君身旁的时间很长很长。但奇怪的是，胜德君没沉下去，简直叫人觉得，就他漂浮的那块水面不是水。也许是河水进了眼睛吧，他不时左右晃晃头，唯有身子像木头一样动也不动。

系红色兜裆布的男子终于靠近了，伸出一只手抓住胜德君的手，把他拉上了小船。胜德君微微睁着眼睛，但几乎全无意识，对我们的呼喊声没有反应。虽然他完全没喝水，气息、脉搏也都正常，但惨白如死人的脸上，却总不见恢复血色。胜德君的爷爷接到消息赶来了，用大毛巾把他裹上，先带回自己医院进行了应急救治。到了傍晚，胜德君恢复正常了。他掉进河里的时候，因为惊愕和恐惧，陷于失神状态，就是这样才救了他。只要他稍稍乱动、挣扎，肯定一下子就沉入水里了。他靠假死状态救了自己的性命。

很显然，事故是我家的过失。我父母好几次向胜德君的爷爷道歉，但是从那以后，胜德君就不再来我家玩了。即使在学校里遇到，他也是一脸的不高兴，不跟我说话，所以我们就此疏远了。 后来尽管初中、高中都同校度过，却一直没有接触。

胜德君从疾驰的列车上掉下身亡，是十几年后的一九六五年。当时，他在医科大学读三年级，因我曾属于登山部，所以知道了他的死讯。原以为他是在山中遇难的，实际上却是和登山部伙伴在冬天前往穗高①时，从中央本线的列车上摔落的。据说同行的伙伴没人察觉他是在哪里、怎样掉下去的。为何发生这样的事故，最终也弄不清原

---

① 穗高：似指穗高岳。 日本飞驒山脉中央部北穗高岳、奥穗高岳、前穗高岳、西穗高岳等四峰的总称。 最高峰奥穗高岳海拔三千一百九十米。 有涸泽冰谷等冰蚀地形，西侧斜坡为著名的攀岩路线。

因。我跟两三位朋友一起出席了胜德君的葬礼。胜德君的爷爷那时还没退休，每天精神矍铄地为患者看病。葬礼当天，他也穿戴整齐、面无表情地坐在那里。我们上过香，匆匆告辞离去。

事隔数日后的一个星期六，我感冒发烧了。平时是去玉川町的医院的，但那边下午休诊。想起胜德君的爷爷一直以来星期六下午也都开诊看病，我便迟迟疑疑地跨进了医院的门。

因为星期六下午开诊的，附近只有这一家，来的患者意外地多，我不得不花很长时间等待叫号。记得以前是有护士的，但今天没看到。都是老爷爷亲自喊患者名字，熟悉的声音在空荡荡的候诊室回响。

老爷爷看见我的脸，说道："谢谢您前几天百忙之中特地来出席葬礼。"说完，郑重地鞠躬致意。

"哪里，我真不知怎么说好……"

老爷爷说，感冒了，要注意保暖，多休息。在我之后，已没有候诊的患者。

"看完你，今天就结束啦。"

老爷爷去大门口挂上"本日休诊"的牌子，回到正穿衣服的我身边。

"您一直这么精神呢。"

"不行了，上年纪啦。患者多的日子，真累啊。"

他又说，打算从下个月起，就只上午开诊。诊室里面跟从前一模一样，茶褐色的木制病历柜、诊疗台的位置、挂在墙上的伦勃朗的画，都没变。

"您高寿啦?"

"噢……已经七十有八了。"跟胜德君很相似的细长眼睛笑着，"胜德生前，承蒙关照了。"

"哪里，读小学的时候，倒真是每天一起玩的……"

于是，我把从那次事件之后，二人关系疏远的事告诉了他。

"哦哦，确实是有那么一件事。"老爷爷将眼神推远，静静地回想起来，"没错，是上你家玩，掉河里了。"

"我还不时想起这事，感到不寒而栗：当时竟然没沉下去啊。也幸亏附近就有人驾着小船。"

"系红色兜裆布的。"

"对对，没错!"

"那个人，现在应该是在渡边桥附近开一家保险代理店。那阵子，他在中央市场做事……人说死不去的必长生，他却不是啊。"

老爷爷说着，脱下白大褂，在膝上缓缓折好。然后，像是自言自语似的说道：

"可怜的孩子，没尝过爸爸的疼、妈妈的爱，那时死掉了也好吧。"

我默然，一时无言以对。那时候，胜德君漂浮在土佐堀川上，奇迹般地捡回了性命。自那以后到搭乘中央本线列车的十几年，对他而言究竟是怎么样的呢？——我呆呆地想。

到了第二个月，老爷爷就把医院关了。听说他回了老家山口县，但我至今也不知是否果真如此。

"哐当"一声巨响，列车停住，好一会儿没动，看来是在等待信号。老人的哭泣声不知何时停了，我翻身朝向里侧，尽量什么都不想。列车又开动起来，我任由身体跟随不规则的律动摇摆。老人的止住哭泣，像是让所有事告一段落，围绕我的一切声响都消失了。有一种奇特的安心感。感觉小睡了一会儿。像是睡了很短的时间，睁开眼时却发现早上炫目的阳光已透过车窗玻璃洒满车厢。

我拉开帘子，左右转转脖子。没睡够，有些迷糊，一下子还清醒不过来。老人的铺位空着，皱巴巴的床单上，毯子折叠得好好的，过道上也不见他衣着整齐的身影，看来是深夜里在某个站下车了。我整理一下衣着，走去洗脸处，在左晃一下、右晃一下中洗脸刷牙，弄得胸口、裤子都是水。不自然的睡姿弄得身上哪里都疼。

　　我返回铺位的同时，列车停靠沼津站。男人叫卖车站盒饭的喊声、女学生上学的喧哗等，形成巨大的声浪飞进来。我买了盒饭和茶，在老人睡过的铺位坐下，凭窗远眺地方城市的早晨：行色匆匆的人流，个个嘴里冒出白色气雾。

　　车过几条隧道，看见了热海①的海。我眼望海中央汇集的朝阳碎片，吃着盒饭。虽然没有食欲，但我什么都不想，就是吃盒饭。侧脸朦胧地反射在窗玻璃上，影子被朝阳干扰，时隐时现。吃完盒饭，从皮包里取出塞满文件的纸袋。完成了一件工作的快乐，突然掠过我懒倦的身体。我想，说要一早去打高尔夫的甲谷，应该已经出门了吧。

---

①　热海：日本城市名，位于静冈县。多温泉，一九五〇年成为国际观光文化城市。

SHORT CLASSICS
短经典精选